U0508080

孤独辞

李军君 著

南方出版社·海口

图书在版编目（CIP）数据

孤独辞 / 李军君著 . -- 海口 : 南方出版社 , 2024.

11. -- ISBN 978-7-5501-9365-9

Ⅰ . I227

中国国家版本馆 CIP 数据核字第 2024VK7446 号

孤独辞

GUDU CI

李军君　著

责任编辑：高　皓

出版发行：南方出版社

邮　　编：570208

社　　址：海南省海口市和平大道 70 号

电　　话：（0898）66160822

传　　真：（0898）66160830

印　　刷：成都市兴雅致印务有限责任公司

开　　本：880mm×1230mm　1/32

印　　张：9.5

字　　数：194 千字

版　　次：2025 年 2 月第 1 版

印　　次：2025 年 2 月第 1 次印刷

书　　号：ISBN 978-7-5501-9365-9

定　　价：58.00 元

目录

孤独辞

（一）

我在黑暗中久久地仰望一颗星星
山谷里的一朵兰花盛开了
旷野的风兀自悄悄地吹，日复一日
我沐浴在月光下，陪伴一棵树
陪伴苍茫的暮色。与万物融为一体

众声喧哗的闹市让我窒息
一次次远离人群，慕白云，登东皋
偏安一隅静谧
一只萤火虫的光亮照耀了夜空
痴迷一个个文字，探索生活的意义
灵魂飘荡在一处自由缥缈的远方

红尘滚滚。我，转身而去

（二）

聆听豪迈

是河流里不断奔腾的浪花

是壮士远行时

响起的战鼓

似一缕流放严冬的北风

那巍峨的高山

挡不住单薄的身影，瘦弱的老马

呼啸的风雪

融入一片苍茫中

（三）

当他人像巨石压住你的脊梁

当生活像乱刀砍在你的身上

当痛苦像黑暗吞噬你的志向

也许孤独就是最珍贵的奖赏

你可以春暖花开　冬来雪藏

你可以举杯对酌　共邀月亮

你可以无拘无束　随意翱翔

不在乎现实与梦想

只穿梭地狱与天堂

拥抱山川清风河流风霜

但愿在自然中抚慰创伤
但愿在孤独中救赎绝望
如果，我从此独自远航
亲爱的，请不要再阻挡
我只是无法忍受急促的时光
无法在窒息中快乐歌唱

无人赏识

编辑了一整天的文集
一首首无人赏识的诗歌
默默独守在空谷的幽兰
挣脱淤泥香远益清的荷花
饱受世事的摧残
对生活却愈加热爱

我沉醉于黎明
降临前漫长而浓厚的黑暗
就像深深迷恋着
那个久未成名依然疯魔绘画的天才

知了猴

那一刻，知了猴的脑袋显露出来
阳光就普照了大地的每个角落
蟋蟀，青蛙，甚至黄鹂，夜莺
纷纷屏息凝神，期待奇迹
晨曦从黑暗中向上奋力一跃

知了猴的抗争
发出平庸时代最深长的怒吼
一天，一天，蛰伏，积聚，搏击
决计将多年来埋藏的寂寞驱散
将忍受的屈辱驱除
将蓬勃的生机驱动

初秋，我震惊于知了猴的新生
一阵阵高亢的歌声响彻寂寥的晴空

蛰伏记

它从墙角,从潮湿的地面
从暮色四合的死寂中,破土而出
震撼了我。坠入生活深渊的我
整个身心,都紧锁着沉重的镣铐
坠入生活深渊的我,犹如蛰伏的知了猴
埋藏得太久,抛弃了人间。我确信
破土而出的那一刻,便是打开镣铐时
沐浴阳光,便是融入万物

我引颈高歌,羽化飞翔

他泪流满面

一双火炬熊熊燃烧。夜，更加浓厚
长年累月被侮辱与被损害的寂寞
裹挟着黑暗，游荡在空谷
悲风呜咽，一朵兰花悄然绽放

他泪流满面，任凭周身的鲜血滴落
浇灌世间每一株无人问津的蓓蕾

这个人世间

拥挤得到处是一辆辆车、一个个人
一阵阵嘈杂声
不知道是谁刚随意扯了一嗓门
整个世界就喧闹得动荡不宁
拥挤得犹如江水，滚滚东流不复返
犹如肥皂泡沫，五彩斑斓却转瞬即逝
拥挤得始终容不下
一颗单纯而孤独的流星
容不下一个丰富而自由的灵魂
深陷痛苦和忧伤
深陷绝望和疯狂

走向旷野

宽阔的街道上车水马龙，熙熙攘攘
所有的角落，翻腾着喧嚣与躁动
我挤出一个个繁华的商业街
茫然无助地走向旷野
走向未被开垦的荒山中的一隅
清风仍然困兽犹斗，找不到出路
只剩下：疯狂。哀嚎。痛哭

蹿奔在人世间

他像一个旋转的陀螺，被快速地抽打着
骄阳似火。他的肩膀压着沉甸甸的公文包
大踏步向正门口冲去，寻找或等待电摩
在汗流浃背的洗礼中风驰电掣地飞行

无暇欣赏风景，只埋头于手机，微信
提前打开乘车码，方便迅疾地
进入地铁。每当无网络信号时，心急如焚

他一边盘算着时间，一边选择着车门
随着蜂拥而出的人群，风一样刮进车厢
眼睛扫过每一个座位的缝隙后，摇晃地站着
急切地投入电子书阅读。漫漫征途，时不我待

开门，关门，轻车熟路。熙来，攘往
熟视无睹。他又像一匹孤独的狼
蹿奔在人世间，迷失在浩浩荡荡的生活里

寻找东西的人

寒冷寻找着温暖
忙碌奔波的众生寻找着舒适的生活
飞蛾寻找着闪烁的火焰
寻找东西的人寻找着自己——
在一大堆繁杂里理清思绪
在遗忘的往事里揭开创伤
当满屋子的黑暗刺痛心灵
一个东西始终宛若头顶的神明
蓦然回首时，灿烂的阳光
一直都在那里

晨曦普照

与短暂的时光较量
上班的脚步变得格外急促
每一个热爱生活的人，都在坚定战斗

我清醒地看到一个不屈的灵魂
尽管黑暗长久地笼罩了整个天空
晨曦依然普照着整个大地

他陷入了疯狂

他对我倾诉他陷入了疯狂
恍惚间，我的眼前飞起一片乌鸦
总会有一些东西撕裂内心——
向日葵。野葡萄。星空

一直对疯狂讳莫如深却情有独钟
此刻，夜深了。黑暗重重围困
我犹如飞蛾扑火般扑向它，拥抱它
在这个苦闷的夏天，我忽然感到疯狂
多么和蔼可亲，多么善解人意

我视死如归地迷恋着疯狂
就仿佛我如痴如醉地迷恋着他的痛苦
以及，那深不可测的绝望与忧伤

烈日

轰轰烈烈。刺破苍穹，照亮无穷
黑夜的龌龊被驱散得一干二净
丰收的麦田，屹立在酷热的盛夏
沉甸甸的谷穗，绽放出坚毅的笑脸
惬意地享受大地的拥抱，沐浴着光芒
这边一缕。那边一缕
一大片金黄。到处播撒着人世间的希望

仰望星空

整个夜晚，我一直仰望星空
它的璀璨，恍若我不断浮现的
梦境：光彩夺目。闪亮而神秘

整个夜晚，我一直迫切地希冀
在它与黑暗的漫长的战斗里
探索出活着的真正意义：永垂不朽

顿时，所有的痛苦都显得微不足道
它璀璨似盛唐，恒久的绚丽似文化
夜空是包罗万象的人间至美
那灵魂，是一颗颗孤独的星星

整个夜晚，我一直仰望星空。我的身心
和它融为一体，飘到一个奇妙的精神天地

多么想

多么想，走到山林深处的小屋
带一颗诗心，一支笔，一个本子
陪伴树木，鸟雀，晨曦
落寞时，便邀约高风唱和
聆听松涛阵阵

依然是旋转在大都市的一个陀螺
依然是遗落路边的一枚硬币
依然是随波逐流的一根浮萍
依然走到你的身边，陪伴孩子
一起穿梭于厨房、游乐场，以及
更加广阔的天地

致友人

无非是远行路上出现的一道沟壑
无非是风和日丽的夏天
突如其来的一阵暴雨
犹如飞到南方遭遇寒流的大雁
顷刻间翱翔更加广阔的晴空
故乡的那缕炊烟
日夜守望着飘荡的白云
缥缈的雾霭

湍急的河流里两根浮萍相互依偎
风雨同舟，山水相伴
你和我，一起长大
一起漂泊。共赏春花，秋月
仿佛两株并排站立的向日葵
始终流浪在旷野
始终仰望着太阳

等一场雪

追溯一条河流的源头
等绿叶，等嫩芽，等蓓蕾
等鲜花，等硕果，等枯枝
怀着一团熊熊燃烧的火

追向绝望的谷底。蓦然回首
等来凛冽的寒风，在大地肆虐
层层冰霜铺满山川，随着湍急的水
暗涌进辽阔的海洋中
饱尝颠沛流离，始终翘首以待
终于等到，一场雪从天空翩然而至

这样心甘情愿，恍若最初的相见

一颗星星

晨曦微露的天空，闪着一颗星星
守望着悄然隐匿踪迹的月亮
忍耐着漫漫长夜，抵御着炎炎旭日
每当电闪雷鸣，便要折断数根肋骨

日日夜夜，它满脸憔悴
却坚定地倾慕着那份皎洁
哪管风吹雨打。伫倚危楼
犹如一个深陷爱河的痴情人

前世，我是一株睡莲

每当跌落那个梦的深渊
天空顿时鸟语花香
一只白鹤鸣奏月光曲
一朵梅花映照寒江雪
一株睡莲畅饮流水觞
飘逸得几欲乘风归去
甘愿为她坠入红尘
回眸一笑。娇憨
春风中，飘荡着纸鸢
一缕阳光时刻照耀着她
使她飞翔得自由自在
每当跌落前世的那个梦
一株睡莲就醒了

一个人的痛苦

已经黄昏，天漆黑得格外沉重
他咬了咬牙，似乎将随时冲出喉咙的
痛苦犹如齐天大圣那般镇压

他无法面对家人，谈笑风生的
脸上洋溢着其乐融融的幸福
他更无法面对这些丰盛的美味佳肴
灵魂的贫瘠荒凉，赤裸裸，血淋淋

夜色愈发浓厚，偶尔闪烁一两颗星
他望了望星空。一株向日葵正在疯长
殷红的黎明正随着呼啸的子弹嘹亮啼哭

他迷恋天空

雨，仿佛他眼里的泪水
昨天倾盆，今日淅沥

来时恐惧，去时忧愁
他迷恋天空。此生爱恨交加

亲爱的，你在我的心里飘逸

亲爱的，你在哪里，哪里就是天堂胜地
世外桃源一样的温馨、静谧
我陪伴你游山，玩水，赏明月，观晨曦
夸父逐日。打破世俗的所有限制
什么都不再顾忌。你在我的心里飘逸
什么都不再顾忌。只想，我和你在一起
我们一起种花，一起写诗
一起仰望星空，漫步云霓
湖中的两只黑颈天鹅，与我们自由嬉戏

岸，一场蓝色的爱情

岸近了，夜色逐渐稀薄
他降下帆，远航途中深入骨髓的
思念恰似春雨飘落

他遥望大海，狂风与恶浪
还在耳畔呼啸翻涌
他凝视海水，花香便扑鼻而来
犹如形影，共沐圆月和夕阳

黎明降临，蓝色静谧
他紧靠岸边，守护着一片光辉
恰似两只大雁飞回到巢穴

你来与不来，我都在

我不知道旷野到底有多么辽远
它经常犹如一片漆黑的沙漠
偶尔，一缕微光透进来

行走于旷野
我独自踉跄在路上，恍惚看到
浓雾深处
你翩翩起舞的倩影

蓦然回首，只有我，始终站在那里

来不及

触电一般，他心里一颤
炎热的夏天里一缕清风拂面
她紧挨着坐在他的身边
地铁疾驰。抓不住一棵树、一片天

车太晃　人太多　心太寒
他禁不住偷瞄一眼
那时的青春纯净而烂漫
月正圆　情正浓　花正艳

难道这就是生活

一开汽车就焦虑
一上地铁就空虚
披星戴月　栉风沐雨
此身非我有
一半属亲友
一半属工作

忙碌　无止无休
失落　不可捉摸
烦忧　百般折磨
路边的鲜花独自绽放哀愁
天空的云彩谁会在意去留
内心的梦想奈何随波逐流

走
快走
飞快走——

人们变成了一个个不停被抽打的陀螺
头脑昏惑
终日奔波
失去自我
难道这就是生活

藏

——清明节缅怀奶奶

奶奶，奶奶，你把东西藏到了哪里
孙儿，孙儿，快来，快来，都给你
迈着紧裹的小脚，弯着佝偻的身子
奶奶拄着拐棍，颤巍巍地向我走来
握着我的小手，握着这一生的希冀

咦，东西到底藏在哪里？奶奶啊，真是神秘
一方折叠的手帕，一层一层打开，小心翼翼
几块饼干不知藏了多久，散发着诱人的香气
我忙不迭大口大口地吃，嘴角边流着哈喇子
慢点吃，慢点吃，奶奶枯槁的脸上笑容满溢

奶奶真是一个高手，总会巧妙地藏东西
手帕内，衣服中，柜子里……到处都是
我经常和奶奶一起玩捉迷藏，寻找惊喜
奶奶总拄着拐棍，量着脚印，审着案子
无论奶奶藏得多么隐秘，我都能够偷吃

又是谁在偷吃？奶奶气得直跺小脚丫子
大姐又被当作替罪羊，奶奶在厉声训斥
我这个罪魁祸首却安然无恙、倍受疼惜
重男轻女，家人一致认为奶奶实在偏心
我是奶奶的心头肉，那最心爱的小孙子

奶奶，奶奶，你又把东西藏到了哪里
我仰起小脸，眼睛里充满无限的好奇
我伸出双手，黑暗中弥漫无边的孤寂
我嚎啕大哭，像一个迷失方向的孩子
整整三十年，奶奶已离开我飘向天际

那时，一切都是遥远而模糊的记忆
我还太小，奶奶就永远离开了人世
离世前，奶奶几乎每天吃不下东西
只有我，喂给的稀饭奶奶艰难地吃
珍惜粮食的奶奶把稀饭藏在了嘴里

这么多年，我从来没有主动提起
我把奶奶一直深深地藏在心底里
奶奶是我小时候捉摸不透的秘密
奶奶是我一辈子咀嚼不完的甜蜜
奶奶是我魂梦里念念不忘的爱意

生活如鞭笞，随着时光的无情流逝

奶奶的影响，我也学会藏一些东西

藏文字，藏书籍，藏心思，藏远志

藏记忆，藏爱意，藏自己，藏世事

怀念与追记。仰望星空，脚踏实地

不搭理

——致女儿

门一直敞开着
爸爸轻轻地推开了门，小心翼翼
刚听到脚步声
你赶紧翻身、抬头、爬起
瞅了瞅爸爸一眼，仔细地
随即又躺好了身体
爸爸连忙呼唤你的乳名
你一点也不搭理

又是晚上10点
你本来应该享受睡觉的甜蜜
但可恶的爸爸
这么晚才回家又吵醒了你
你乖乖地侧躺在床上
一动不动，多么静谧
乖乖睡吧，爸爸急忙转身离开
爸爸怎么忍心再打扰你

爸爸刚一走进自己的书房
哇的一声，你就大声哭泣
你像是受了巨大的委屈
趴在床上，眼泪流成了小溪
爸爸大踏步冲刺到你的身边
伸出右手轻轻地拍着你
如同施了魔法
你渐渐平静、缓缓安睡

昨晚这样
今晚也是如此
每个周末，爸爸总是回来得太晚
总是来不及陪你
周末两天是爸爸最忙碌的时刻
从早到晚都在上课，都在教室
早上，你正在睡觉，爸爸已经离开
晚上，你已经睡觉，爸爸正在归来

每一次只要爸爸准备出去上课
你就忽然调转头不再搭理
任凭爸爸怎么温柔地说再见
你就是不理不睬，钻进奶奶的怀里
你不想听到再见，你不愿看到离开
你只能选择躲避

乖乖玩吧，爸爸急忙转身离开
爸爸怎么忍心再打扰你

每一次只要爸爸没有课休息时
你就黏着爸爸跑东跑西
爸爸一旦有事不理你
你就嚎啕大哭，伤心无比
爸爸赶紧来到你的身边
把你抱进怀里
你紧紧地抱着爸爸，一点也不松开
好像要弥补每一天失去的爱意

女儿，时间太快，你已三周岁
女儿，时间太晚，你就乖乖睡
爸爸在梦里陪伴你一起嬉戏
如同一股风，你跑得欢天喜地
小心摔倒　小心磕到　小心胡闹
玩沙子　摇摇车　荡秋千　滑滑梯
还是摔倒　还是磕到　还是胡闹
你一点点长高、长大，越来越远离

千万不要不搭理　千万不要远离
爸爸从梦里惊醒，深深地呼唤你
你睡得多么香甜，多么安逸
女儿啊，爸爸多么想让时间停止

每一秒，每一刻，永远陪伴着你
如果有一天，你走进更广阔的天地
爸爸的心里啊，是多么忧愁而甜蜜
你尽情地飞，爸爸在梦里也陪你

更有意义

课堂上，我教导一个个孩子
写作文要写有意义的事
我和孩子们一起
沉浸在高大上的意义里
这样的生活，多么有意义

六年前，为了活得有意义
我毅然辞去工作，独居一室
全身心投入文学创作，每天坚持
不疯魔不成活，熊熊燃烧自己
这样的生活，多么有意义

这两年，我深陷生活的痛苦里
写作撕扯着我，把我吞噬
漫长的沉默、折磨，暗无天日
只剩下写作，是否有意义
怎样的生活，才更有意义

而现在，为了活得更有意义
我又一次飞蛾扑火拥抱文字
明知无望，明知不可为而为之
夸父逐日，西西弗斯推巨石
这样的生活，是否更有意义

燃烧

曾经，你胸怀梦想，心高气傲
曾经，你沉浮社会，奔波无告
曾经，你疲于工作，忍受煎熬
曾经，你追逐梦想，突围囚牢

现在，你依然沉沦，空自哀嚎
生活是张乱网，被搅得一团糟
密密麻麻，到处都爬满了烦恼
四面楚歌，你还能再往哪里逃

痛苦既然把你折磨得要爆
那你就索性爆出一个风标
戴着镣铐，独自恣意舞蹈
舞尽黑夜迎接火红的破晓

活着，就是一场场奔跑
像飞蛾决然向火焰奔跑

像堂吉诃德向风车奔跑
像夸父拼命向烈日奔跑

至少我们可以营造
一个又一个的美好
哪怕现实穷困潦倒
也要往幻想里创造

遵循内心，守护着你的爱好
义无反顾，执着痴迷得燃烧
逝者如斯，我们都多么渺小
夕死闻道，灵魂总相视而笑

梦幻与现实

闹钟忽然鸣响，一如既往
美梦顿时飘散，一片虚妄

睁开眼睛，重温熟悉的房
翻起身体，忘记舒适的床
迈开脚步，撞破黑暗的墙
抬起头颅，沐浴圣洁的光

一切都在梦幻中孕育希望
一切都在现实里寻找方向

牛奶、面包和孩子的欢唱
烈日、麦田和农民的脸庞
贫穷、疾病和战争的潜藏
地震、爆炸和难民的死亡

撑起油纸伞，迷失在雨巷

腾起筋斗云，逍遥在远方
半夜三更还在幻想中徜徉
梦里的鲜花已经漫山绽放

伊在何处

几年别绪
故地重游
高楼绿树
新鲜如初

初出茅庐
少年意气
一身傲骨
格格不入

寄身江湖
只为果腹
受人驰驱
犹困牢狱

她如花似玉
不染尘俗

黄莺出谷
努力进取

阳光如注
春意浓郁
山水眷顾
花鸟嫉妒

风物依旧
伊在何处
思念飞舞
黯然无助

蓦然回首
心如小鹿
她轻移莲步
腹如小鼓

惊喜惊魂
无法言语
形同陌路
擦肩而过

满怀愁绪
一腔痛苦

望尽征途
长久幸福

幽幽夜幕
独行踽踽

你乖乖地睡觉吧

不！女儿，快走，快离开
轰隆　轰隆　轰隆——
火车正在朝你缓缓地驶来

不！女儿，快跑，快躲避
哐当　哐当　哐当——
火车正在向你紧紧地逼近

不！女儿，快飞，快展翅
喀嚓　喀嚓　喀嚓——
火车正在把你狠狠地碾碎

不！你依然静静地平躺着
不知道刚才到底怎么回事
睡得多么平静！多么甜蜜

你快睁开清澈明亮的眸子

看一看爸爸，舞一舞身姿
快安全地躲进爸爸的怀里

噗嗤　噗嗤　噗嗤——
嘎吱　嘎吱　嘎吱——
啪啦　啪啦　啪啦——

啊！烦请不要再喧闹刺激
女儿啊！你乖乖地睡觉吧
蓝天白云陪伴在你的梦里

噗嗤　噗嗤　噗嗤——
这折磨人的声音重复响起
爸爸又痛苦地把眼睛紧闭

一架无情的机器把你吞噬
你静静地躺进核磁共振仪
正享受着你的美梦的甜蜜

爸爸守护在身边戴着耳机
仔细聆听仪器发出的声音
撕心裂肺的喧哗经久不息

女儿啊，你乖乖地睡觉吧
你的世界里盈满一片静谧

爸爸愿为你承受一切袭击

女儿啊！忘记残酷的现实
在梦幻里无忧无虑地展翅
爸爸带你飞向美妙的天地

代价

孩子，不要一味抱怨
孩子，付出在所难免
孩子，吃苦不算什么
任何创作都需要代价
没有成就是不劳而获

现实从来冰冷得残酷
并不是付出都能回报
饱尝暗无天日的沉默
日复一日繁重的劳动
终生难换半点的收获

逃避躲进幻想的世界
为别人营造美丽的梦
自己却悄悄咀嚼痛苦
孤独绝望疯狂和死亡
壮美得如同飞蛾扑火

误解诽谤鄙视和屈辱
生活潦倒得一塌糊涂
精神折磨得难以承受
创作创作不停地创作
九死不悔愿永堕阎罗

钥匙

沉重的大门多么厚实
头破血流也无济于事
我困兽犹斗深陷牢底

钥匙，到底藏在哪里
我在黑暗中四处寻觅
也没有发现它的踪迹

面容枯槁又茕茕孑立
漫长的囚禁遥遥无期
不知何时迷失了自己

我的泪水禁不住满溢
我的心门早已经关闭
任凭什么都无法开启

淡雅的春天

悚然一惊。暮春时节
还没有开始，就已经结束
到底藏在了何处

河水边鲜花微笑，树林中小鸟欢叫
田野里柔风吹拂，枯树上嫩叶跳舞
只是梦里的思慕

狂风卷积着乌云，烈日裹挟着暴雨
柳树扭动着纤腰，桃花裸露着娇躯
这深圳的春天，太艳俗

霸道的时光，蹂躏了多少美好
春天太柔弱
多需要百般呵护

深圳在奔跑，人们在追逐

我只愿放慢脚步

春天躲进我的怀里睡去

雨伞

一把雨伞
又旧又烂

挡不了脸
遮不了天

我却把它藏在枕边
阳光便铺满了房间

雨和伞

——致爱人

乌云密布、雷鸣电闪
上天倾诉悲怆的哀怨
你从天而降被贬凡间
你体态轻盈舞姿蹁跹
你自由自在天真烂漫

抛弃角落、饱尝黑暗
命运发出绝望的呐喊
我困守监牢深陷泥潭
我无人理会顾影自怜
我空怀壮志愁眉不展

不知是什么样的因缘
也许是受了你的召唤
我终于荣幸释放生还
我与你的第一次相见
便滋生了浓浓的思念

忘不了你绝世的容颜
忘不了你纯洁的笑脸
忘不了你温柔的呼喊
我久久地沉浸在梦幻
震惊于相遇的一瞬间

我重见天日眉头舒展
你就无拘无束地撒欢
轻柔地抚摸我的双肩
我激动难耐茫然不安
这是怎样的温柔缱绻

啊，我还有什么抱怨
经历漫长的痛苦磨难
只为此刻能看你一眼
你轻轻飘落我的身边
化作世间最美的春天

从此，有你就是灿烂
阳光只是心底的愧歉
你是我生命中的期盼
淅淅沥沥，思绪万千
默默守护你的每一天

婀娜多姿、芳华婉转
似云烟，如花儿艳艳
似月圆，如风儿软软
你不经意芬芳了流年
你一刹那惊艳了人间

你那么爱哭泪水涟涟
你时常扑入我的眼帘
我总是宠爱你的娇蛮
任凭你恣肆情意绵绵
我深深陶醉幸福满满

你任性有时倾盆大喊
铺天盖地、汹涌连绵
我无怨无悔挺直腰杆
我总担心你哭红了眼
我总害怕你心烦意乱

你神秘经常踪迹飘然
云淡风轻、艳阳高悬
我重回黑暗饱尝思念
细数三秋，整日不见
甜蜜的忧愁恣意弥漫

愁缓缓剪不断理还乱

你千娇百媚纤尘不染
我思之如狂柔肠百转
我不要享受阳光灿烂
我宁愿遭受雷鸣电闪

你身在宫阙高处清寒
我乘风归去怎觅芳颜
你是深居天上的婵娟
我是流落红尘的玉盘
生生世世只受人把玩

我曾对命运怨恨慨叹
你点燃我心中的火焰
恩赐我的家庭般温暖
等你，哪怕千回百转
等你，哪怕海枯石烂

你是我今生珍藏的缘
你是我心底最深的恋
我只愿默默相思泛滥
在梦里与你相知相伴
万物合一，爱意永远

聊

晚霞漫天　流光溢彩
春风吹拂　鲜花盛开
汽车还在疾驰
朋友早已站在路边凝望

刚一见面就热情满怀
邀至餐桌　觥筹交错
畅叙幽情　谈笑风生
四年的大学同窗情谊
几年的工作别离时光
我们终于欢聚一堂

聊工作　聊创业　聊人生
聊缘分　聊山水　聊风月
聊到月上柳梢头
聊到如此良夜何
聊到晨光上东屋

早茶备好　佳肴纷呈
畅所欲言　眉飞色舞
指点江山　放飞梦想

我们围坐在一间教室里
参观了朋友的培训机构
聊起了开创事业的甘苦
聊起了改变现实的决心
聊起了重铸自我的胆识
聊起了教育孩子的责任
聊起了肩扛时代的担当
聊起了谱写未来的华章

一支笔

一支笔
像一把锄头
在肥沃的土壤上
开垦种植

一支笔
像一柄刻刀
在精美的石块上
琢磨砥砺

一支笔
像一匹战马
在广阔的草原上
昂首奔驰

我三岁的女儿
紧紧地握着一支笔

正在一张空白的纸上
涂抹天地

不在乎横竖撇捺
只一味信笔涂鸦
自由自在　无拘无束
生命洋溢着无限的惊喜

一朵小花

一朵小花站立在一个地方
不知已经饱尝了多少沧桑
总是那么悄无声息
总是那么默默无闻
总是那么弱不禁风
孤独地承受每一个黑夜
孤独地熬过每一场暴雨
孤独地挺住每一阵狂风
它经常泪水汪汪
它经常痛苦绝望
它经常黯然神伤
虽然高大的墙遮挡了阳光
但它从来没有放弃希望
它知道它还那么年轻
它依然葆有自己的梦想
只要每天坚持不懈地成长
它必定会迎接自己的太阳

它懂得还有很多像它一样
被人遗弃的都在积蓄力量
青春的热血汹涌激荡
它如饥似渴如痴如醉地畅享
这灿烂的春天的最后的辉煌

两条被子

两条被子静静躺在床上
像两条寂寞的春江
各自流向不同的远方

你在电脑前听课上网
我在房间里看书写文章
已经子夜时分
我催促你赶紧睡觉
你等候我一起休息

两条被子化作一轮月亮
抚慰了整日辛劳的创伤
温馨了你我内心的荒凉

意外的惊喜

随心所欲地走着
不知道怎么回事
就遇到了一棵树
就在一棵树前停住脚步

百无聊赖地仰望
不知道怎么回事
就撞见了满天星
就在满天星下放飞思绪

意兴盎然地欣赏
不知道怎么回事
就邂逅了万绿丛
就在万绿丛中沉醉幸福

一缕清风　一轮月亮
一座山　一片水　一个人

她好像一直守候在那里
只为等待你不期然的呵护

活着，就是享受一场场盛宴
大自然赐予我们豪华的美
生命中到处充满了意外的惊喜
奇妙得不可言喻

两支粉笔

小小的讲台容纳不了两支粉笔
一支红粉笔，一支白粉笔
它们一起耕耘播种，一起传授知识
却时时为争夺功劳，势不两立

每当我果断把另外一支抛弃
每当黑板排列着密密麻麻的字迹
每当我禁不住需要做重点标记
我才忽然发觉缺少什么东西

这两支冤家路窄的笔
恰似教室里朝夕相处的学生和老师
在难能可贵的因缘际会里
难舍难分　不离不弃

我是一个彻头彻尾的黑暗客使

不得不承认，我活到目前为止
大部分时间都与黑暗在一起
我一直在努力地驱赶它的踪迹
尽我所能，始终追寻光明的真谛
为这个人世间创造一些美好的东西
但我自以为是的创造究竟有什么意义
在别人看来，它们根本毫无价值
狂妄的我不仅没有因此而救赎自己
反倒越发陷入黑暗的泥潭，难以遏制
我是一个彻头彻尾的黑暗客使
从来热爱生活，总想像夸父一样逐日
我不知怎样才能与黑暗达成共识
安抚黑暗，抵御它不断地侵袭
长期以来，我每天持之以恒地写诗
一个，一个，又一个夜晚，乐此不疲
穿梭地狱与天堂，混淆梦幻与现实
像孤魂野鬼，独自游荡在渺远的天际

这么多年都在悬崖边缘歌唱和沉迷
但愿此生我能够驱散黑暗，拥抱晨曦
但愿此生我能够仰望星空，屹立大地
但愿此生我能够沐浴阳光，逍遥万里

忆那时

——致高考后的我

那时的天边非常遥远
外面的世界很广大很广大
而我很渺小很渺小
那时的夜晚格外宁静
外面的世界很热闹很热闹
而我很孤独很孤独

那时的夏天特别漫长
那时的日子特别煎熬
那时的希望特别美好
那时的心思特别单纯
那时的生活只剩下等待
等待一缕清风的到来
带我展翅高飞脱离苦海

那时的信息喜欢流浪
总要跋山涉水走街串巷

班主任的一个电话
往往两天后才缓缓响起
三伯母迈着紧裹的小脚
眉开眼笑给我送来捷报

那时的喜悦多么坦诚
父老乡亲纷纷提着鸡蛋
学校领导迎着朝阳祝贺
一家人的脸上春光灿烂
我却滋生了淡淡的忧伤
门前的老杨树依依惜别
遥远的天边，幽暗而凄凉

暴雨突袭

任凭寂寞吞噬
也任凭思绪弥漫、愁肠百结
暴雨突袭，闷雷滚滚而来
搅动着天地间的沉沉死气
泰山压顶。一声绝望的呐喊
飘荡于大自然笼罩的雾霭
没有灯光，看不到前行的方向
冷清的树木，恓惶的高楼
被蹂躏的草，被抛弃的叶
洋洋洒洒的眼泪无端倾泻
泛滥的暴雨仿佛多情的美梦
给荒凉的时光增添了一抹春色
迷醉美梦。拯救沧桑的岁月
谁都无法走进痛苦的灵魂
野葡萄在坠落，星空在闪烁
夜幕降临，任凭寂寞吞噬
也任凭愁肠百结

生日随想

像痊愈不了的伤口
每年的端午便旧病复发，纠缠不休
一辈子的劫难，无法摆脱
时间是一个残忍霸道的巫蛊师
我的心里早就被种下了可怕的蛊
时时刻刻，于时间的肆虐中奋战厮杀
日日夜夜，饱受钻心刺骨的痛苦
青山绿水长流，蓝天白云悠悠
古人乘鹤远去，芳泽飘散永留
我浮尘般的生命还能剩下一些什么
囚困在生活的牢笼，世事消磨
挣扎在黑暗的深渊，光明沦落
曾经，寄托文学，精神遨游
现在，重拾笔墨，自我救赎
悬崖绝壁，这是最后的一根稻草
狂风暴雨，这是圣洁的一场沐浴
既然不可重来，摆脱的无法摆脱

既然难以割舍，痛苦的持续痛苦
从此以后，化作那只飞蛾——扑火
从此以后，每个生日涅槃——复活
从此以后，黑暗光明携手——狂舞

端午感怀

每年的端午节，你都会如约而至
像一声惊雷，像一道闪电
劈开了漫天厚重的乌云
唤醒了日渐麻木的灵魂

你以脆弱而伟岸的身躯毅然一跃
一条大江为你世世代代痛哭流涕
亿万众生为你年年岁岁祈祷祝愿
你牺牲了自己　流芳于后人

沅江清澈　香草芬芳　美人纯净
你热情洋溢　慷慨激昂　刚正不阿
你高洁脱俗　悲天悯人　九死未悔
这样的你真是太单纯太天真

世代更替　年岁轮回　后人簇拥
还有多少人在意你的执着坚守

人们只注重自身的幸福美满
端午节和其他节日没有区分

赛龙舟、包粽子、插艾草
三天的假期正是享受的时刻
美其名曰的纪念，吃喝玩乐的噱头
一个一个繁花似锦、现世安稳

你这个真正的诗人啊
谁理解你的深沉忧愤
谁传承你的磅礴天问
谁追寻你的上下求索

偌大的华夏总有一些天真的人
他们是山鬼，含睇宜笑围狩虎豹
他们是东君，驾辀操弧射杀天狼
告慰你，那一缕纯洁而不屈的诗魂

每年的端午节，你都会如约而至
像一声惊雷，像一道闪电
喷吐出内心的悠长太息
嘶吼出内心的悲伤天问

爱的狂想曲

忧愁满腹。你囚禁在内心的监狱
囚禁在重重黑暗密不透风的围堵
阴雨绵绵，天边翻滚的乌云满布
窒息着书房里面日渐消瘦的孤独
热浪涌动。一缕寒气却侵入肺腑
冰封吞噬着窗外冷冷清清的绿树
风雨摧残，苍翠的园林早已荒芜
夜幕笼罩，微弱的阳光悄然离去
你轻嗅死亡、聆听旷野的安魂曲
呕心沥血的书稿诗篇，杜鹃啼哭
混乱颠倒的梦幻现实，疯魔追逐
痴迷绝望的爱，在悬崖边缘狂舞
麦田飞翔，星空燃烧，河流奔突
那沦落黑暗的绵绵阴雨怎么救赎
任凭爱意铺天盖地泛滥成灾如瀑
自由自在无所畏惧穿梭天堂地狱

肆虐的黑暗

请容忍一朵孤独的小花
蜷缩在阳光无法照耀的墙角
容忍一棵向日葵憔悴于绵绵阴雨
夸父追逐的远方，没有一两盏灯
没有歇脚的港湾。长夜漫漫
荒山野岭到处是重重雾霭
朝圣的路上，从来荆棘丛生
容忍一只夜莺哀婉森林的凄凉
容忍一只杜鹃嘶鸣泣血的痛苦
容忍我沉浸在绝望的深渊
任凭心中肆虐的黑暗
给世间涂抹一丝无关紧要的色彩

而立已过

而立已过，心中依然燃烧怒火
一直无法容忍平庸、寂寞
沉默的时光折磨着奔腾的灵魂

始终坚韧地追逐太阳，仰望星空
梦想和生命，一起抵押给了魔鬼
每个夜晚在旷野独自哀婉

冲进狂风，搏击暴雨
只为沐浴一抹彩虹，一缕阳光
哪管荒芜的麦田中乌鸦漫天飞舞

而立已过，还是不能与世事和解
往日愁绪和情愫，都时时纠缠梦境
混淆虚幻与现实，沦落为黑暗的守墓人

一位父亲的忧愁

我在仔细倾听美妙的声音
动物园里黄莺就啼啭，百灵就鸣唱
鹦鹉也急忙跟着一展歌喉
宛转了整个喧闹的天空
一只只鸟儿，正举办音乐的盛会

欢声响起，笑语飘荡，滔滔不绝
人们谈论鸟，犹如在欣赏自己
那些愉快的生命总是喜欢相互取悦
我却对鸟满怀嫉妒。谁陶醉鸟叫
谁又懂得，一位沉默不语的父亲
内心长期堆积的忧愁——
三岁的女儿何时能像鸟儿放声歌唱

父亲的红包

微信没有回应
一个尚未领取的红包
田地里没有成熟的稻谷
阳光无法照耀到的小角落
内心深处久久堆积的
歉意

我羞于面对父亲节
面对远隔千里之外的老家
更加愧对
那一辈子忙碌赚钱养家的父亲

病毒

谁完全能够掌握病毒的行踪
神秘莫测，突发一次次恐怖袭击
和魔鬼打交道，难免胆战心惊

白衣天使，用血肉之躯挑战疾病
防不胜防的沦陷，饱受伤害
犹如人类的命运，总是难以捉摸
有多少人可以扼住它的咽喉

未知的事情，无论何时都使我们
忧虑重重。然而注定无法逃避
守着月亮，陪着太阳，顺其自然

希望

希望降临了。在一片片夜幕中
他们像一群来自地底的幽灵
我清晰地看到遥远昏暗的天边
血色弥漫。夕阳就要隐去
余晖却在他们的脸上撒满了
一层灿烂的笑容。我恍然大悟
他们黯淡的生活，希望一直存在
他们日复一日挖通黑暗的巷道
一盏盏矿灯，聚集成火红的黎明

雨中

我在雨中行走
雨丝布满天地
绵密
悠长
犹如我的思绪
一刹那
我恍惚感到
我就是偌大的天空
任凭雨丝倾泻
随意地向人世间
播撒忧愁

一把剪刀

一把剪刀撞击着人们的心灵
裹挟着呼啸的寒风
咫尺之间，我震惊于这孤绝的勇气
这把铁面无私的剪刀
拷问着饥肠辘辘的流浪汉
拷问着衣冠楚楚的上班族
拷问着声名赫赫的权贵者
此刻，它冷若冰霜
我却清醒地感到这把热血沸腾的剪刀
浑身散发着舍身饲虎的大无畏
它像鞭子，鞭笞我不断涌现的黑暗
喧哗与骚动的年代，每个人需要的
就是如何抵御黑暗的侵蚀而奔赴光明
它锋利的刀口就是为了剪断每一片黑暗
我确信，它的轻轻一剪
善良与丑恶分道扬镳
人性与道德泾渭分明
光明与黑暗融为一体

惊醒

万籁俱寂的深夜。一阵阵响雷
从远处滚来，在窗边鸣奏
黄钟大吕，惊醒了我昏沉的梦

这些内忧外患的日子，我深陷苦闷
怀疑生活，工作和梦想
活着像一个罪人饱受凌迟的酷刑
每一天置身悬崖绝壁。太阳与月亮
蓝天与白云，成了黑暗的帮凶

此时，我仿佛得到天启的召唤
赶紧关掉一扇窗，瞬间打开一道光
所有忧愁化为乌有。在漫天的暴雨中
我感到一股温暖，始终萦绕心底

总有一些东西，值得我们用生命呵护
妻子在床上安睡，女儿在梦里甜蜜

我轻轻地给女儿盖好了踢乱的被子
幸福在寂静中流淌，在房间里蔓延

任凭窗外如何电闪雷鸣，暴雨倾盆
雷声，雨声昂扬，《命运交响曲》
在我的内心回荡。黎明变得愈加璀璨

女儿的兴致

——致三岁的女儿

兴致浓厚时，女儿总是一声不吭
她搬来一张小凳子端坐在电子琴前
敲击一个个琴键。那些寂寞的音符
便活蹦乱跳地奏响一首首欢歌
——啾啾呖呖，随着节拍自由飞翔
当我看书时，她常用手指敲击书本
我仿佛听到这些可爱、有趣的文字
流水般美妙的旋律。书中韵味刹那间
从律动中飘散开来——这使我畅享
阅读的快乐，并且深深为之陶醉
——我陪伴女儿，让音乐融入文字
一个词、一句话缓缓流淌，滋润灵魂
静静地荡漾在我们的眼神和微笑里
女儿兴致盎然，紧紧地牵着我的手指
她指到哪里，我就抑扬顿挫轻声朗读

离群的大雁

辽阔的天空多么高远。一只大雁
离开了雁群，并没有惊慌失措
一缕清风被抛弃，却自由自在
游荡天地间。离群的大雁正在享受
新鲜的旅途，就像我在向往
无牵无挂的生活。我深深地怀念那些
走街串巷、游山玩水的孤独时光
每次外出，像飞出巢穴的大雁
我总是在急促的日落黄昏中黯然神伤
总是在其乐融融时忧虑怎么逃离
总是在相思入骨时渴慕如何欢聚

暴雨来了

根本就没有搭理电闪雷鸣
便在天地间纵横驰骋
蜷缩墙角的一朵小花
翱翔天空的一只雄鹰
流落街头的一个乞丐
谁能逃脱这突如其来的变故
像极了命运
多么霸道
从来不在乎生命的处境
总是恣意妄为，傲睨万物

夜深写诗

写诗像自卫战。而立已过
身心抛掷刀山火海，哀嚎不绝
梦想渺远，微不足道的愈加痛苦
痛苦得只剩绝望，挂在生活的悬崖上
寒风凛冽
随情思飘荡虚幻。荒寒的灵魂
惟有孤独与疯狂
孤独可以咀嚼烦闷，疯狂可以消解创伤
略慰平生
在一行行诗句的反击中，把哀愁驱散
如同驱散浓浓黑暗中，雾霭的深不可测
夜深月明，清风入怀，花香扑鼻，满怀悲悯
任凭笔底的战斗，刺破那厚重的夜空

暴雨倾盆

盆子太小，装不下满腹忧愁
倾苍天，倾日月星辰
倾旷野，倾山川河流
无限哀伤地倾在
大街小巷的每一个角落

总是那么心怀悲悯
面对大自然中的一切
总是声泪俱下，嚎啕大哭

血色弥漫

我和女儿在阳台上吹泡泡
太阳便砰的一声破碎了
血色弥漫，倾洒一地
我悚然惊醒——
血色弥漫了整个黄昏
战斗早已落下了帷幕
而立已过，漂泊异乡
我一直沉沦的生活
逐渐变得更加漆黑
我一直守望的月亮
逐渐变得更加遥远
我的内心，百孔千疮
血色浸透了每一寸肌肤

暴雨真疯狂啊

太阳失踪了。天空眉头紧锁、愁容满面
一棵小草惊慌失措地挺起躲在墙角的
羸弱的身体。暴雨真疯狂啊
厚重的乌云还在不断奔涌
——一棵小草犹如一个孤儿
它没有可以依靠的亲人，温暖的屋子
请你不要伤害一隅静谧，夜空的笼罩下
一个不甘寂寞、不愿沉沦的生命
漫漫黑暗中，一种信念创造着奇迹
一棵小草追逐着彩虹，高昂着头
沐浴在一片光芒里
满目星河
水光潋滟。山色空蒙
那大地呀，将你感动为一滴滴眼泪
倾洒人世间最深的柔情蜜意

一位父亲的痛苦

请理解，我犹豫不决的顾虑
请理解，我多么羡慕那个在幼儿园
能说会道、笑语嫣然的小女孩
请理解，我久久地盯着是否残疾四个字
手里的笔禁不住颤抖地抽搐不止
请理解，我难以承受夜空中那星星的哭诉

此刻，一位父亲的痛苦
赶也赶不去，止也止不住

一位母亲的焦虑

——致妻子

她一看到女儿准入幼儿园的体检报告
对待生活的姿容恍若重获自由的画眉鸟

我和她谈论不可避免的未知的磨难
刚开口，乌云就布满天空
紧接着电闪雷鸣，暴雨倾盆而下

——难道这是我太残忍了吗？
——黑暗一如既往地侵蚀了一切
命运总在伤害那些焦虑而柔软的心灵

我的忧愁弥漫整个夜空

那颗闪亮的星星闯入我的眼帘
我的忧愁便掀起奔腾的潮水
那片闪亮的星图闯入我的眼帘
我的忧愁便弥漫了整个夜空
——我的血液涌动着星星的流光
我的情感燃烧着星星的火焰
我沉醉于星星的永恒的璀璨
我的绝望的哀婉里滴落星星的泪

望着月亮想你

望着月亮，想你
透过重重夜幕，痴痴地想你
想你和我漫步月下的静谧
想你和我谈笑风生时的善解人意
多么想奔赴月宫看看你
却始终忧虑再相见早已不相识

自由遨游

盛夏正炽
一阵阵热浪。人们毛骨悚然
暴雨频频袭击。向日葵在哀嚎
一群群蚂蚁，惊慌失措
仓皇出逃，尸横遍野
而他，仰望着心中的星空
自由遨游在危机四伏的世界之外

一只萤火虫

我满怀虔诚，久久地仰望
一只飞越漫漫黑夜的萤火虫
它无论到哪里，都会散发光明
当黑暗最浓厚时，一股战斗的激情
熊熊燃烧，照耀周遭。犹如那些
与残酷的命运搏击的永不屈服的人

受难的痛苦

一片绿叶悬挂树梢
在漫天的雨中使劲颤抖
它毫无遮挡，从抽出嫩芽的那一刻
就在暴雨的肆虐下饱受摧残
一直以来，它总是身不由己迎接命运
当暴雨倾盆、台风袭击的时候
受难的痛苦便显得越发撕心裂肺

我囚困在生活的牢笼，任凭世事消磨
无处不在的阴霾犹如黑暗恣意蔓延
它们忍耐着折磨，砥砺着岁月
我在它们不屈的挣扎中泪流满面

我在穷途末路时思念你

遥望夕阳西下的远方
我拼命追逐着你
黯淡的黄昏笼罩着大地
漆黑的夜色里
一只迷失方向的萤火虫
带领我深陷孤绝的悬崖
凛冽的寒风肆虐空旷的荒野
我在穷途末路时思念你
满天星斗刺破了苍穹

我和爱人

隐隐约约，一阵阵乐曲余音袅袅
仔细聆听，瑶琴若泰山，雅瑟若江河
我和爱人琴瑟和鸣，悠扬宛转欢唱
相知相守的岁月，总是那么融洽又甜蜜

离别辞

来年相见，月夜春风正温柔
区区半载，艳阳且去照高楼

此刻最珍贵，物与人依旧
若待重逢，不知花落在谁家

暴雨怨

丝毫不在意一亩亩稻谷缀满颗粒的喜悦
丝毫不在意一栋栋房屋矗立天空的壮丽
丝毫不在意一个个行人流落街头的呐喊
暴雨就铺天盖地，汹涌澎湃，淹没了一切
稻谷掩埋了，房屋倒塌了
行人遇难了。所有美好都沦陷了
丧心病狂，彻底遗弃了自己

迅疾的地铁

宽阔笔直的轨道
风驰电掣向前狂奔
窗外的景致来不及变换
模糊成遥远的回忆
我嵌在迅疾的地铁里，思绪飞舞
犹如囚困五指山下渴望自由的猴子
环顾四周
挨挨挤挤，全都是压抑又焦虑的人
仿佛这个步履匆匆的社会
随处可见众生喧哗
同时又深陷无法摆脱的浮躁

别样的温暖

回想起草原那场短暂的邂逅
大地就变得广阔了
别样的温暖
仿佛洒满天空的阳光。明晃晃

希望，总在无路可走时不期而遇
仿佛漫漫征途上，一匹迷失的老马
凭借着坚韧的脚蹄
一步步，开垦出一片葱茏的绿地

睿智的长者一开口，乌云迅速撤离
弥漫在草原深处瑟缩的寒流
仿佛骤然焕发了精神
伸展腰身，逍遥自在地飘向远方

一处春光

眺望远方的山川，胸中顿时波澜起伏
朋友邀约共赴商海，你恭祝飞黄腾达
随即无限神往地陶醉于一处春光

你站立在小桥上，恍若一位隐士
一袭白衣似雪，恰如一株空谷幽兰
你与朋友依依惜别，也与世俗别离

朋友步履匆匆，奔向康庄大道
你气定神闲，融入广袤的大自然
恍若春光中的一缕清风
自由自在，逍遥天地之间

盛夏，我熊熊燃烧

一阵阵蝉鸣唱响了盛夏的天空
稻谷，翻动着滚滚热浪随风摇曳

荷花擎开硕大的叶子拥抱着夏日
青蛙活蹦乱跳地欢腾着池塘的喧闹

艳阳更加畅快淋漓释放澎湃的激情
昂扬的精力，唤醒了所有蓬勃的生机

我的周身禁不住蹿出熊熊火焰
盛夏，我涌起一股燃烧自己的冲动

晨曦微露，我正在路上狂奔

晨曦微露，我正在路上狂奔
没有一丝风，暑气趁着新生肆虐
更加恣意妄为。周日，人少，车更少
我的浑身被太阳炙烤，彻骨的寒冷
却从内心深处阵阵袭来
一双眼睛，清澈而滚烫，但无精打采
一只娇嫩的小手，紧紧地攥在我的手里
白衣天使刚刚伸展开翅膀，凉风
便四面八方地吹来。我在冷热交替中
感受着人世间的痛苦与幸福

阵雨

阵雨是无法把握的。乌云密布
雷电交加
来似飞花，去如疾风。由着性子
随心所欲地肆虐。仿佛突发的感冒
不知道病源在何处
体温时高时低。心灵置于荒山野岭
任凭百般折磨
大地早已泪流满面

爸爸的伞

逛公园。小雨淅沥
湖水，漾起圈圈涟漪；绿树，撑开浓浓枝叶

女儿躲进爸爸的怀里，一点也不忧虑
尽情地撒娇，卖萌
甚至伸出双手，迎接漫天而下的绵绵情意

甚至，甩脱怀抱，活蹦乱跳地向前跑去
追逐自由的燕子，欣赏鲜艳的花朵
根本不在意雨的急缓，不在意雨的大小

爸爸手中的伞始终遮挡在女儿的头顶

立秋辞

黄昏。一棵棵大树，依然绿得苍翠欲滴
夜色远比月光妖娆。暑气愈发浓郁
熏醉着一丝丝初来乍到的凉风，黑暗
一如既往地笼罩着我。我始终感受不到
生命的惬意，总是徘徊在门外
深陷焦躁和烦闷的炙烤中。任凭时序
更迭，犹如无根的飘蓬
我还是不能找到立足之地。奈何
长久地追逐夏日的热烈
已无法聆听秋声的温柔

一棵日渐茁壮的树

夜幕降临，冷风袭来
万籁俱寂
躲藏在草丛中的昆虫瑟瑟发抖
它们遮遮掩掩，提心吊胆地活着
冬天，百花凋谢。梅花，凌寒独自开
山坡上，一棵树挺直了腰身
人们纷纷回家
一盏灯，囚禁了弱小者的灵魂
这时的月光多么皎洁，含情脉脉地
凝望着那棵日渐茁壮的树

一双燕子

一双燕子在细雨中低飞
一只忽然远去，一只黯然栖落
总在不经意间
浮现一个远去的身影，隔着千山万水
使人来不及回忆
便愁肠百结，悔不当初

顺着雨游回云里

如果可以，我定要驱散内心的阴霾
斩断日日夜夜连绵不绝的忧愁
唤醒积压已久的柔情。如果可以，不再顾忌
雨大或雨小，是否淋湿高山和大海
云厚或云薄，是否耀亮彩虹和道路
如果可以，倾其所有逗笑白云
倾其所有一起自由遨游蓝天
如果可以，我宁愿时光倒流、静止
宁愿这个人世间从此没有离别

喜鹊啊

喜鹊啊，你无比羡慕地凝视着
这两个敢于挑战命运的人
他们的抗争裹挟着闪电
撕开了混沌的黑夜

喜鹊啊，银河的水越涨越高
你苦苦守护的到底是什么
一年又一年。一只牛的眼里满含泪水
日日夜夜痴痴仰望天边的云锦

喜鹊啊，任凭他们踩在你的头顶
你心怀怜惜。一座彩虹般的桥上
两个离别的人倾诉着相思
一轮明月使热烈的灵魂熊熊燃烧

喜鹊啊，你再多待一会儿吧
让寒冷的宫阙恢复生机

人们已经放飞了希望的梦想
温暖的风正在大地上自由穿梭

这个七夕节的夜晚

高楼。狭仄的房间
沉闷压抑的气息席卷而来
一部使用了五年的手机
偶尔有点卡顿。依旧方便轻松
久久地握在一个中年男人的手里
孤寂的灯光照耀着
他偷偷盯着520元的红包
内心闪过一丝愧疚。随即释怀
这个七夕节的夜晚
他颠簸在生命的航船上
悲欣交集，而又复归平静

离别之前

每一次，在离别之前
母亲都要再去看望外婆
重温难能可贵的亲情
外婆已经年近耄耋
与死神有过短暂的约会
黄土地便春意盎然
在别离时更加焕发了生机

母亲是外婆唯一的女儿
每一次，母亲总是陪伴在外婆身边
彻夜长谈。叙尽远隔千里的思念
无法取舍的母亲
只能艰难地稳住生命的天平
天平的一端正爬着我唯一的小女儿

想起她

想起她奋笔疾书的模样
乌云便布满了天空

想起她眉飞色舞的神情
和老师面向全班同学的表扬
寒风便刺透了骨头

想起她像蝴蝶翩翩飞入花丛
鹅毛般的雪花便覆盖了大地

一把光阴

总以为唾手可得的猎物，总不能寻觅
一点踪迹。逍遥在天地之间
难以捉摸。使所有追逐太阳的人
皆疲于奔命，又从内心深处
嘶吼出铁屋的绝望。微弱的晨曦
苦苦挣扎，散发黑暗的气息。汽车疾驰
仿佛台风扫荡山川。一个个奔腾的生命
忙碌着赚钱，成名，忙碌着
生，老，病，死……浓厚的黄昏
不断涌动，像病毒一样肆无忌惮
我踯躅在时间的巷道，悲万物苍凉
伸出双手，不知是否能够抓住一把光阴
任凭突袭的暴雨，浇灌阴冷的沟渠
冲刷，日夜积聚的沉沉死气
净化，一颗即将坠入深渊
痛苦的、不屈的灵魂

长夜邂逅

我像一个被抽空的气球。长夜漫漫
人们昏昏欲睡。犹如云墙包围的台风眼
久久坐在动车角落埋头写作的白衣
似乎与世隔绝。他紧紧握着手中的笔
车厢里的景物，渐渐栩栩如生
滚烫的泪水突然恣意流淌
闪烁的灯光耀亮了我的灵魂
我像一只迷途的飞蛾，准备扑火
他的嘴角闪过一丝微笑。天空更加辽阔
汽笛鸣唱，余音不绝
窗外，黑暗浓厚，我却找到了方向
找到了明月，找到了自己
一路心旷神怡
春风阵阵，涤荡空谷

南风过后

南风过后，我必须赶紧翻耕荒芜的田地
刈除心灵深处疯长的杂草
播撒孕育希望的种子。南风过后，立即
做出决定，什么粮食，可以培植
什么瓜果，可以舍弃
南风过后，尽情沐浴温煦的阳光
尽情汲取甘甜的雨露
南风过后，我徜徉在葱茏的大地上
徜徉在稻花飘香的丰收中

夜雨，思念那一方

夜雨是情意绵绵的。整理旧物
翻阅书信
痴对小楷，凝望窗外。雨丝在天地间
密密地斜织着。校园恍若烟雨西湖
一把油纸伞
撑开一方山水。路灯。绿树。长亭
孤雁南飞，隐于浓浓黑暗中
电闪雷鸣，暴雨忽至

一弯新月

我是那缕孤魂。秋夜的冷风中
旷野寂寥。犹如凌寒盛开的梅花
一弯悬挂在夜空中的新月
兀自皎洁。它幽幽地倾洒光辉
天地间的雾霭，便渐渐消散
它毫不掩饰地露出半边脸
清风就芬芳了我的心灵
我独立苍茫，不再患得患失
它气定神闲，任凭光辉润泽万物
树叶摇曳，仿佛新生
夜色未央，我沐浴旷野
沐浴清风，光辉
温暖流淌全身。风声似喁喁情话
娓娓而来，袅袅而行

卑微的稗子

一棵稗子挺立在稻田里
含着与生俱来的忧愁
烈日下，我惊叹它孤绝的姿容
这棵卑微的稗子
忍耐着稻子的鄙夷
忍耐着农夫的屠戮
忍耐着人们的诋毁
此刻，它挺了挺身体
我忽然感到这棵坚毅的稗子
承受了那么多凄风和冷雨
站在我面前，定是一位勇士
庸常岁月里，每一个人需要的
定是引领自己穿过黑夜的灯塔
它低到尘埃，面向太阳
我懂得，它的决然挺立
是向生命的敬畏
是向死亡的反抗

淫雨

荷叶擎得颤颤巍巍

初秋的淫雨。大雁在南飞中

湮灭了歌声。我紧锁于悬崖绝壁

栉风沐雨。咀嚼旷野的寒气

坚韧地忍受，被鹰啄食的伤痛

每天绵绵不绝的噬咬

我挣扎着。一阵阵鸣叫

回荡在白茫茫的山谷

我挣扎着。鸣叫凄厉而悠长

随时惊醒盘踞天空的闪电

我挣扎着，任凭它发出怒吼

恫吓盛开的菊花，桂花

我的浑身湿透。但一颗心

滚烫，熊熊燃烧

任凭它肆无忌惮地侵袭

一棵向日葵屹立在大地

我满含热泪地迎接它的到来

受难的痛苦

一片绿叶悬挂树梢，在漫天的雨中
使劲颤抖
它毫无遮挡，从抽出嫩芽的那一刻
就在暴雨的肆虐下饱受摧残
它总是身不由己迎接命运
当暴雨倾盆、台风袭击的时候
受难的痛苦愈发撕心裂肺
我囚困生活的牢笼，任凭世事消磨
无处不在的阴霾犹如黑暗恣意蔓延
它们忍耐着折磨，砥砺着岁月
我在它们不屈的挣扎中泪流满面

月夜漫步

喧闹的小区。蚱蜢和蟋蟀在草丛里
高谈阔论。一栋栋高楼簇拥一排排绿树

漫步月夜，秋风兀自缓缓地吹拂
月亮，为谁滴落满面的泪光
静静地抚摸寂寞的清辉。任凭我
走向无人问津的幽处
聆听日渐消瘦的仙乐

第一枚落叶

满树的叶子依然蓬勃得
生机盎然。蟋蟀在草丛中
尽情地欢唱。夕阳却无法挽留
一抹回光返照的余晖
满脸憔悴。蜷缩昏黄的天边
远远地回想，坚韧的翠绿
我忧心忡忡。狂风
肆虐着盛极的荼蘼
我忧心忡忡，风掀起死亡的翅膀
是否会怜惜一枚落叶的哀愁
我忧心忡忡，恰巧第一枚落叶
躺在我的眼前，我是否会涌动
万物同悲的凄凉
当它随风飘散，一群小孩
踩着它，活蹦乱跳地向前奔去

星空

不经意间，便撞见了那片星空，它
闪烁在漆黑的夜幕上，坚毅地
守望着，璀璨
恒久

一轮皎洁的月亮，陪伴在
它的身旁，犹如
愈发璀璨的别样星空

清辉，柔风，诗情画意……我顿时
心旷神怡

我顿时触摸到遗失在庸常生活中
鲜活的美好

它鲜活的姿容
正焕发着熠熠光华

老墙

它倔强地守望着，站在荒凉的后院
犹如一位孤独的老人
游子远隔千里，陀螺似的忙碌
它坦然接受时光的捶打，日复一日
与肆虐的暴雨，炙热的烈日相伴
它使劲挺直佝偻的腰。秋风殷勤

让它能够一眼看见回家的路
它风烛残年，遍体鳞伤，犹如
干枯的黄叶在枝头悬挂，它的悬挂
让一棵枣树怀念游子的调皮
让一个被遗忘的村庄怀念远方
——一去不复返的远方

纤绳

始终是佝偻的身躯，始终拉不直
一根纤绳，承载着岁月的重荷
显得格外坚韧，使每一缕阳光
心怀敬畏，更在天地间
巩筑城池。搁浅的船舶
不知来自何处，正挂起昂扬的帆
嘹亮的号子越过纤绳
乘风直上云霄

家乡的枣树林

遥远得依稀可见一棵老树、一根竹竿

几个小伙伴

守林的老人刚一吆喝

沉闷的生活顿时活跃

遥远得恍若一片白云，难以采撷阳光

恍若一阵清风，总是悄悄溜进山谷

遥远得忘记了

摇落了多少闪耀的星星

忘记了站在村口的父母

眺望的眼眸

守望的身影

叶飘零

太多的美好总是无法挽留
落日，流水，甚至初恋
此刻，更加无法挽留
——叶飘零
使劲摁住最后一片黄叶
一阵阵秋风呼啸而过

在呼啸的风中

独自行走。安抚心灵的躁动
安抚躁动中暗涌的忧愁
在呼啸的风中，翻滚着奔腾的乌云
驱赶着旷野里的寂寥
身似飘蓬。一缕单薄的孤魂
游荡在山谷环绕的囚牢
四面楚歌而哀婉不绝
苍茫的暮色，昏黄浓厚
低矮的树木，摇摇晃晃
飞鸟迷失了回家的方向
呼啸的风犹如战斗的号角
使闪烁的星星刺破夜空
璀璨夺目。囚困者总要自救
那奋力搏击的坚韧的风
终究突围而出，安抚好了心灵
安抚好了心灵的忧愁。独自行走

当我们老了

无非是夕阳西下倾洒的落晖
无非是秋风席卷而来
悬挂枝头的黄叶
犹如雪花，在隆冬也翩翩起舞
依然是池塘里的鸳鸯
悠闲地欣赏飘飞的云朵与鸿雁
嬉戏的丑小鸭和白天鹅
漫步山林，吟唱诗歌
几十载的风雨汹涌心间
我和你，一起沐浴，一起畅饮
亲爱的，当我们老了
就化作流星静静地划过夜空
就化作泥土默默地滋养大地

转过身，见到一朵微蓝

那片海水又将我淹没。黄昏时分
浮出水面，离开沙滩
转过身，就见到一朵微蓝
恍若晨曦初升，女学生的手里擎着
一朵蓝色的塑料花。潮水顿涨
一只海鸥轻盈地掠过，腾空远去
漫山遍野的鲜花便在我的眼前盛开

雨停了

枝头上，秋叶心有余悸地庆幸
草丛里，蟋蟀嘘寒问暖地慰藉
天空中，太阳像一位刚从死亡边缘
重回人间的患者
终于露出灿烂的笑容
生命，历经苦难的洗礼而丰盈
我满怀敬意地凝望着它们
彩虹就耀亮了大地
在这个多风多雨的季节
我们迎接着同样的伤害，以及
绝望后的希望

突袭的大雨

冲进一场突袭的大雨，我独自奔走
忧虑天空，忧虑绿树，忧虑大地
忧虑行人，忧虑孩子，忧虑母亲
到处都是电闪雷鸣

走向一个陌生的司机，我忧心忡忡
忧虑一辆汽车，搁浅在积水的街道
乌云翻滚，任凭狂风
吹落成聚集地铁口避雨的旅客
泛滥成灾。我艰难地握住残损的伞
又深深忧虑，穿梭在地铁中的
熙熙攘攘的陌生人

——我泪流满面，犹如突袭的大雨

如果能够

如果能够，我甘愿交换黑夜和黎明
置身幽暗的谷底
守护一朵兰花。如果能够，绝不在乎
哪一颗恒星在天空最为耀眼
哪一缕春风在大地最为自由
如果能够，定要交换未来和过去
定要交换生命和灵魂
如果能够，就在颠倒乾坤中不顾一切
就在岁月静好中相守一生

一棵小草

太阳失踪了。天空愁容满面
一棵小草惊恐地挺起躲在墙角的
赢弱的身体。雨真疯狂啊
厚重的乌云还在不断奔涌
——一棵小草犹如一个孤儿
它没有依靠的亲人，温暖的屋子
你不要伤害一隅静谧，夜空的笼罩下
一个不甘寂寞、不愿沉沦的生命
漫漫黑暗中，一种信念创造着奇迹
一棵小草追逐着彩虹，高昂着头
沐浴在一片光芒里
满目星河
水光潋滟。山色空蒙
那大地呀，将你感动为一滴滴眼泪
倾洒着人世间最深的柔情蜜意

我的暮色如期而至

毕竟是按捺不住的
种子的萌动，晨曦的跳跃，以及
春风的欢腾
更加按捺不住的
我的暮色如期而至
用366根鱼竿垂钓一轮落日
满天繁星被囚禁在浓厚的夜幕里

两片飘絮

飘絮邂逅又一片飘絮
漂泊了多少岁月
飘絮邂逅又一片飘絮
承受了多少风雨
它们祈求了无数福祉
终于换来了千里姻缘
回眸一笑，擦肩而过
给寂寥的天空
增添了一丝柔情

山岗上

落日，旷野，一丛丛荒草
背着身。我独立山岗上，凝视
一只离群的鸿雁。在不远处
喧哗的游人刚蜂拥而至
繁华的都市又把我裹挟而去

中秋叹

在一轮皎洁的圆月下独自漫步
叹秋风萧瑟，叹枯叶凋谢
叹道路曲折，叹暗影浮动
纷纷被急湍的河流裹挟而去

走向夜色的尽头，我撞到一堵墙
叹一片柳絮，任凭乌云的驱赶
孤身游荡天地，骤雨频来
蜷缩在幽僻的角落
麦田翻腾，遥远的金黄闪耀
禁不住赞叹，月光汹涌，尽情倾洒
万物犹如新生的婴儿

——零落成泥，孕育万物

又是一年中秋月

月亮圆满时，夜幕立即溃散
浓厚的夜幕亲眼目睹
遮天蔽日的高楼坍塌了

月亮圆满时，离群的鸿雁栖落道旁
柳絮兀自飘飞。皎洁的光辉倾洒
寄居天地间的弱小生灵
显得格外寂寞，无助

又是一年中秋月
人们依然向夜空仰望
蚂蚁依然在尘土忙碌

一只夜莺隐匿树梢，凝视远方
任凭月光洗涤，坚定而热烈

昨夜，玉盘里住着我的心思

一想到昨夜其乐融融的温馨
月光就格外皎洁
犹记望向黄昏的脸上漾起绿波
犹记冲向天边的脚步腾起白云
母亲和女儿的笑声驱赶阴霾
更记得餐厅，游乐园
碗筷叮咚
燕雀啁啾。高昂着头，醉了夜空
一轮玉盘里住着我的心思
但愿他乡似故乡，清辉满人间
此刻，一想到昨夜其乐融融的温馨
月光就耀亮了大地的每个角落

孤独辞
GU DU CI

又见荻花

依然禁不起一声雷、一场雨
几阵打头风
天边的闪电刚一怒吼
摇曳的岁月就瑟瑟发抖
犹如一片湖水，无法汇聚江海
犹如一地雪花，难以面对阳光
还是托举不住
一轮故乡初见时的落日
托举不住送别的老父亲
佝偻的身躯
蹒跚的脚步

租客

疲倦地躺着，蜷缩在坚硬的床板
不再理会锋利的电锯，疼痛的手指
不再理会聒噪的邻居，轰隆的闷雷
但愿邂逅梦中的春色。阳光灿烂

心力交瘁，但风华正茂，仿佛
顽强的梅花历经霜雪而凌寒盛开
他的盛开
使一座繁华的都市充满生机
使一位苍老的母亲充满希望
——平淡岁月中最温暖的希望

苍生谣

卑微得囚困于一方水土，一块天空
无数个日日夜夜
莫测的风云眉头一皱
生死就顷刻间判决
卑微得仿佛一片柳絮，飘荡荒野难觅道路
仿佛一只陀螺，拼命转动不辞劳苦
卑微得禁不起
严霜，暴雪
禁不起凌寒盛开的凛然正气
零落成泥
滋润大地

窗台上的月光

月光悄悄飘落窗台。整理旧物
翻阅书信
痴对小楷，凝望窗外。月光在夜空中
幽幽地倾洒着。校园恍若月下宫阙
一朵紫丁香
芬芳了一片天地。路灯。绿树。长亭
孤雁南飞，隐于浓浓暮色
月光如飞絮，随风飘然而去

光明

与漆黑的夜晚较量
枯黄的叶子顿时焕发生机
凝望天边一抹璀璨的金光
每一棵树，坚定地战斗

光明，在这个物欲横流的时代
似乎变成了遥远的传说
犹如夸父。我拼命追逐
信仰在，光明就始终照耀着大地

晚风，恰好

恰好一缕晚风拂过河岸
一朵白云便从我的脚下腾起
恰好一阵晚风拂过河岸
一片星空便在我的头顶闪耀
——犹如铺天盖地的阴霾散开
犹如漫山遍野的鲜花绽放
我的身体沐浴着晚风的奇妙
我的心灵融入了晚风的柔情

青花瓷

大地千磨万击，仿佛风雨
频繁肆虐。彩虹挂在天空，最后的英雄
方能佩戴
如此绚烂的花环

泥土从黑暗中分娩，鲜活的瓷器上
经年累月的心血早已干涸。一直确信
风雨必将过去
彩虹终将闪耀

邂逅一面五星红旗

它在长城上迎风而立
轩昂的姿容让人顿生敬仰
犹如一代英豪指点江山
四周，草木葳蕤
潮水般涌来的游客激情洋溢
给大地倾洒红日似的热烈
我使劲向高处攀登。红日正酣
嘹亮的歌声响彻耳畔
我鼓起同样的奋勇。我和它
血肉相连，一起驰骋于天空
草原和冰川

坐在山坡上

夕阳。乌云。一阵阵凛冽的寒风
久久地坐在山坡上，我
凝望一朵小花

它忧心忡忡地看着
我的眼睛被烈日灼伤
它忧心忡忡地听着
我在繁华的沙漠里兀自哀婉

遥思

黄叶纷纷飘坠。湛碧的
天空和浩淼的江水
遥望着寒烟袅袅远去

一片芳草消匿在夕阳身后
仿佛归隐山林杳无踪迹
仿佛从此不再相见

明月，倾洒着皎洁的光辉
倾洒着人世间
每一个角落

我登上高楼，凝视黑夜
一瓶苦酒流泻出的
泪水，淹没了大地

黄昏，在山水之间

夕阳迅疾地奔跑。一只蚂蚁
从泥沼中逃脱。高楼比森林更幽深
路灯像如来佛的手掌。一片荒地
恰似遗失的桃花源。青山隐隐
绿水悠悠，逍遥流向远方
清风徐来，我依然习惯于聆听
旷野的呼唤。我依然是那只
忙碌的蚂蚁，执着地
耕耘着青山和绿水。日复一日
匍匐尘土
仰望星空

那一片竹林

山谷万籁俱寂，恍若鸣蝉
飘然离去。小溪流向远方，任凭春风
也无法唤回
翱翔蓝天的大雁

竹笋噌噌上蹿，采撷月亮的竹竿
齐刷刷垂钓四处散落的星星。日日夜夜
守望着鸣蝉
守望着小溪

一条刀痕

一条刀痕割伤了画布
张扬着挑衅的意味
我惊诧于这破坏的绚丽
这条决绝的刀痕
毫不理睬五彩斑斓的颜料
毫不理睬循规蹈矩的目光
毫不理睬平整洁净的镜子
它大义凛然地站立
这条神奇的刀痕
劈开了重重雾霭和黑暗
犹如一个驰骋沙场的战士
久困生活的我们，必须懂得
从习以为常的囚牢中突围而出
它勇敢地一划
大地更加生机盎然
天空更加广阔无垠

电影院

黑暗忽至，突如其来的安静
光影闪动。我的身心沐浴
晨曦初升时的神秘

每当雨季，面对连绵不绝的阴雨
恨不得电闪雷鸣更加猛烈一些
恨不得一阵狂风驱散了乌云

情节虚构多少遍，我依然沉浸幻想
幻想枯木逢春，幻想铁树开花
她在茫茫人海中与我相视而笑

门外还是阴雨，门内早已几度寒暑
我们早已共渡天涯，相守明月
幻想渺远的路上开满不知名的花儿
一方小小的天地盈满了奥秘

青春的故事

他俩在校园里狂走。短衣短裤
夏日的阵雨犹如盛大的淋浴
涤荡着青春的热血
道路两侧，茁壮的杨柳树迎风站立

她翩然而至，撑着一把油纸伞
脸颊绯红。擦肩，凝望着重重雨幕
他俩呆呆对视。天地间，裙裾飘扬

十年恍若昨天
一场阵雨
两排杨柳树
一把油纸伞

回家

每当月亮圆满时
远山便愈发朦胧
炊烟荒芜
离群的鸿雁迷失了方向

似一片柳絮，随着狂风飘荡
始终无法掌控飞翔到哪里
落脚到哪里

寒流突袭
枯叶纷纷坠落
寂寥，似故乡

漫步古城墙下

漫步古城墙下，陪伴一轮落日
聆听闹市在黄昏时点缀着一两声鸟鸣
长乐门，安定门，永宁门，安远门
敞开怀抱，迎接街上络绎不绝的灯火
解放门，和平门，含光门，朝阳门
放飞一只只鸽子。古城的热情温暖天空

余晖映照，倾洒着护城河与环城林
倾洒着折柳送别，望月怀远
深秋的夜晚，我又一次梦回的大唐
恰似失散多年的亲人
相见无语凝噎，倾洒着整个不夜城

流连古城墙下，任思绪攀附大雁塔
难以托举十载光阴，随浮云飘荡无依
夜色阑珊，我久久地囚困钟鼓楼
木鱼声响，惊醒沉睡的广仁寺，城隍庙

重阳登高

我想要寻觅重阳的踪迹
如同想要抓住一份漂泊异乡的喜悦
道路两旁树木葳蕤
温煦的阳光洒落荒野

菊花傲然绽放
我鼓足勇气仰望山顶
一只只纸鸢在天空自由飘荡
朵朵白云纷纷涌向远方
我的身旁，陪伴着妻子、三岁的女儿
年近古稀的父亲、母亲与飒爽的秋风

雪后初霁

枯树依然傲立。眼前的
海水和身后的雪地
正散发着纯洁的气息

一缕清风流连此处
似乎专程赶来奔赴约会
似乎只为一睹你的芳颜

残木，那低到尘埃的弃儿
饱受风雪的
肆虐——甘愿守候

我走出阴霾，痴望天空
一抹透过乌云的
阳光，温暖了寒冬

公园

山林里修葺一新的树木
道路两旁围成笼子的栅栏
整个公园像一座人为
制造的囚牢
整齐中彰显着别致
美总是被束缚
我走在青石板上
每一步踏出一所监狱
置身无处不在的阳光下
我们陷入同样的困境
始终难以摆脱

旧时光

根本来不及追逐

便被汹涌澎湃的河流抛掷到岸边

一叶无根的浮萍

抓不住泥土，也抓不住自由的春风

更无暇欣赏

天空变幻多姿的云彩

邂逅的鲜花，等不到细心呵护

早已被雨打风吹去

无数个夜晚在旷野兀自哀婉

犹如破土而出的鸣蝉

无法定格那挣扎的身影

无法挽留那短促的声音

迟迟不来

冬天迟迟不来光顾
暑气还在纠缠
花儿早已凋谢

那凋谢的，一直
傻傻地，等待着重开

总想顺其自然，总被雨打风吹去

原来如此惊心动魄

奇迹一般，暴雨停了
阳光透过乌云洒满大地
血，流淌大街小巷，格外鲜艳
闪电，闷雷，依然撕裂每个人的灵魂
这让我神思恍惚，同时无比确信——
去往天堂的道路原来如此惊心动魄

我一度满腹狐疑，上苍究竟是不是
嗜血成性的暴君？人类到底能不能
与大自然和谐共处？黑暗难道真的要
吞噬一只只寻找光明的萤火虫？
我深陷绝望的痛苦
一道炫丽的彩虹坚毅地屹立在天空

一朵艳丽的花

哪里吹来的突袭的风
一朵艳丽的花从高高的枝头
跌落幽暗的沟渠
黄叶纷纷跳下树干
沟渠里溅起横飞的淤泥
这绝美的转瞬即逝的毁灭
让我泪流满面
它曾是我窗前的一轮红日

院子里的老枣树

请宽恕呼朋引伴的
凛冽的寒风，猛烈的骤雨
请宽恕夜晚袭来的冷空气
肆虐黄叶，凋零时光
请宽恕路过院墙外的小伙伴
伸向枣子的竹竿
请宽恕隔壁时时传来的
父母的责骂声
请宽恕只能以枯槁的残躯
守护又一个孤单的冬天
请宽恕北雁纷纷飞往南方

无言的凝视

寒风凛冽。一只燕子
蜷缩路旁。黄昏，杜鹃啼血哀鸣
我在绵绵阴雨中凝视
一树桂花。相顾无言
任凭风吹，我挺直了身体
抖落尘埃满地
任凭雨打，我沐浴着芬芳
走向竹林深处

故居

零星的黄叶悬挂枝头
门前的槐树和院内的枣树
凝望着空荡荡的天边

几只蟋蟀流落荒草丛
正在追逐迷失的背影
呼唤远去的同伴

老墙犹如饱经霜雪的老人
残喘着凄凉的时光
守护着温馨的昨日

伴随秋风侵袭
一缕晨曦照耀下的
砖瓦，闪烁绚丽的色彩

雪中一朵嫣红

依然挺立在墙角的矮树枝头
娇柔的倩影让人心生怜惜
恍若一位仙女翩翩起舞
空中一片苍茫
寒风愈发肆无忌惮
正给大自然施展隆冬最后的威严
我固执地走出屋子，大雪纷飞
犹如蛮牛冲向嫣红
我冲向一面高挂悬崖峰顶的旗帜
我们相顾无言，却拥有相同的倔强
坚毅和不屈

一颗流星划过

幻想有什么意义，做梦有什么意义
看书有什么意义
写诗有什么意义
痛哭哀婉有什么意义
绝望疯狂有什么意义
流芳百世有什么意义
内心日益荒寒，现实逐渐疏离
一颗流星，迅疾地划过我的头顶
我仍然执着，死后的荣誉与功名
有什么意义

相见欢

顾不上黄昏，落日。掀起一阵波涛
孤舟相遇，深情似沧海

顾不上飘蓬，病橘。惊叹一对长鲸
无需执手，胸中穿过千山万水

顾不上乌鸦，啼猿。任凭天马驰骋
秋风像美酒一样醉人

此刻，他俩的眼里升起一轮月亮
刚凝望，便乘着大鹏扶摇直上

想念一场雪

他在雪中踽踽独行。怀抱几本书
天地间的寒风撕扯着雾霭
撕扯着消瘦的脚印
一棵光秃秃的树挺立路旁

她从身后远远走来，凝视前方
凝视洋洋洒洒的雪花，犹如鹊桥
凝视他越走越慢的背影

再也回不去的大学时光
缥缈的风
朦胧的雪
纯净的清晨

立冬

秋风霸占着不肯离去
寒流刚刚袭来
冬天已经翩然而至

月缺了又圆
花谢了又开

白雪，羞答答地
扑向大地

冰雪上的战士

久卧山林中的冰雪上
冲锋的身姿，准备跃起
犹如老鹰俯冲紧盯的猎物
风雪呼啸
大自然惯用它的残忍
向柔弱的生灵横施淫威
他们静静凝视前方。夜正深
一张张笑脸在天地间依稀闪烁
驱散了异国的寒冷与死亡
耀亮了他们的高傲
坚持和顽强

立冬辞

我已习惯，一阵又一阵寒潮频繁侵袭
冷风潜藏大地各个角落，无从捉摸
小区设立重重关卡，犹如笼子
抵挡，野鸭与山雀溜进庭院

我正期盼，那凋谢的黄叶化作泥土
那刺破雾霭的白雪涤荡沟渠
那独立枝头的梅花香溢荒树林

我，依然忧心忡忡，用一根枯木
日夜凿着开始冰封的河流

一缕花香慰时光

一朵花凋谢
来不及抓住时光
沦陷风雪

时光纵身跃入
犹如瀑布一泻千里
在心灰意冷中
涌向新的河流

是一缕花香，慰藉了时光
延续了生命

坐在你的对面

陶醉在一辆疾驰的地铁里
她的头倚靠着你的肩膀
睡得香甜。你小心翼翼地坐端

两个完全陌生的过客犹如
两缕自由飘荡的春风
邂逅。天空顿时跌落湖水

恍惚觉得坐在你对面的老夫老妻
倚靠在一起的映像就是你和她

孤独辞
GU DU CI

一张老照片

从藏书中滑落
映红了高中时代的那轮夕阳
犹如我的一滴泪水
它濡湿了眼睛
再也找不到踪迹

风的背后

摘下一片片黄叶
如同散落地上的弹珠
随意丢弃

掀翻一块块砖瓦
如同堆积房间的书本
随意撕扯

又一个恶作剧正在上演
一对父母欣赏着，微笑着

莲花颂

扎根满池塘的淤泥
沐浴清风，细雨，惊雷，闪电
沐浴暖春，酷夏，凉秋，寒冬
捧出一片片苍翠欲滴的叶子

毫不在意聒噪的青蛙
毫不在意鸣唱的黄莺
毫不在意炙热的烈日
挺立枝茎，挺立蓓蕾，挺立花瓣
挺立芳香飘溢的青山绿水

立到清冷的幽处，举头望夜空
沐浴明月，在天地间倾泻
月光洒落池面，随着暗香浮动
陶醉了四周的草木

一面镜子迷恋着你

为你驱赶着乌云

无数的朝露，汇聚而来

只有你，超然而去

贝壳，或其他

大海，沙滩
小得只剩下贝壳与他的脚印

她像灿烂的阳光，一缕
一缕，照耀着他

她刚碰到水面
巨浪就掀了过来

我是孤独的，落雪也是

落雪。独自漫步黄昏的校园
寒气肆虐一棵树，光秃秃的枝干
忍耐着万物萧瑟的凄冷

恍惚间，闯入姹紫嫣红的花丛
盎然的春意里，采撷绚烂的阳光
此刻，一朵朵乌云布满天空

夜色逐渐笼罩，我依旧怀着期待
期待流星划过，期待黎明降临
两片柳絮在旷野相逢

几个天南地北的伙伴，几声叹息
飘散成漫天飞舞的雪花
期待大风吹过，各自飘向远方

蓝蝴蝶

深深地扎根在公园的泥土中
凝望一只飞舞的蓝蝴蝶

一个迎风奔跑的小女孩
追逐蓝蝴蝶的身影越来越欢快

总是被周围的花草遮盖。恨不得
掀起一阵狂风，哪怕折断腰杆
哪怕落英缤纷，或许可以
化作飘飞的蒲公英种子

始终束缚于梗茎上
日夜摆弄着优雅的姿容。不如
挣脱别人的眼光
不如攀登自己的高峰

深深地扎根在公园的泥土中
一朵蓝蝴蝶正向天空展翅飞翔

窗外

嫣红的夕阳
静谧的黄昏
独自站立屋内的窗户边
凝望天空中结伴飞翔的两只大雁
禁不住要拥抱一棵树
倾诉相思
犹如大学毕业前的那个晚上
独自站立宿舍楼下
隔着朦胧的纱窗
悄悄守候皎洁的明月

在风中

太多的甜蜜，源于回眸一笑
太多的遗憾，源于擦肩而过
太多的记忆，成为云朵或飘絮
太多的人，消失在风中

正是一个微风徐徐的黄昏
我骑着电摩载你驰向宽阔的马路
那时，刚走上工作岗位
那时，刚从初恋的阴霾里走出

门

招惹蜂蝶
引入花园
犹如一根红线
缔结月亮和太阳
此刻
一缕春风溜进院子
推开虚掩的门
迷失桃花林

在一场雪里，暂且隐姓埋名

一片又一片树叶随风飘零
幼苗蜷缩在山坡上，衰草连天
寒流袭击田地，犹如刑场
遏止，稻谷与小麦奔赴家园

羁留北方的鸟雀暂且守护着巢穴
冰封水面的鱼虾暂且游荡在湖底
忙碌的人们暂且释放一些闲情
在一场雪里，我暂且隐姓埋名
收集荒芜的阳光，倾洒来年的旷野

飘飞的雪花

从天空飘飞
冲进寒流、雾霾
越过高耸入云的山峰
雪花自由自在，走街串巷
潇洒的姿容让大地欣喜若狂
饱经风霜
纷纷扬扬而没有停住脚步
风吹雨打却冰清玉洁
雪花跌落人间是超尘拔俗的
落到哪里，哪里就是桃源

行走

阴雨连绵。我感到满腹忧愁
感到内心深处不断翻滚的恐惧
被肆虐的风雨无情地蹂躏，感到
日复一日行尸走肉无所作为，甚至
更感到饱受生活摧残的身心，是否
能够支撑那久违的远大梦想。此刻
正在雨中漫无目的独自行走
任凭浓厚的雾霭重重阻挡方向
一个个路的尽头，仿佛要撕裂我的
灵魂，使我茫然无助，失声痛哭
当这些像鹜鹰啄食我的肝脏，我将
钉在悬崖绝壁上，永远不能解开的
铁链抽打我，日夜亲吻荒野的冷风
颗颗晶莹剔透的雨沦落泥土
逐渐窒息，只能随时光堕入地狱

烛火

在蜡烛的火焰中升腾起
一股气息，使人滋生斗志
涌现无数股，便能翻天覆地
久困深渊，我却时时抬头
仰望星空。火焰燃烧
我日复一日拼命跳跃出谷底
总是按捺不住
宁愿熬干了泪水
也要追逐那不屈的火焰

缄默：只是窗口紫色的风铃

迎着晨曦，我站立窗前
窗外莺歌燕舞。风铃一直挂着
我走进幽暗的书房
静静地翻阅一封旧信
随风飘逝的总让人怀念
我摊开一张白纸。微风徐徐吹来

初冬

循着河流追溯到一座空山
古木参天。冬意渐浓
茂密的枝叶仍然挺立树梢
不知名的鸟雀倏地掠过
冷风徐徐吹拂
我背对喧嚣的城市
穿越厚重的黄昏
融入葱茏的树林
此刻月明，点亮黑夜
我游荡山间

三月，我有沉甸甸的爱情

桃花盛开前的等待

是沉甸甸的

犹如去年秋天那场匆忙的离别

鱼儿倾诉着蛰伏水底的烦闷

燕子朝向遥远的故乡

长途跋涉

天空缥缈得难以寻觅踪迹

刚抽出嫩芽的柳树

仿佛被冷落道旁的丑小鸭

一只野鸭在江畔徘徊

凝望着路的尽头

我无法托举一轮圆月

就像圆月无法托举

那沉重的思念

落叶，自由的抒情诗

曾经，时常为落叶悲伤不已
眼看着一棵树枝繁叶茂，苍翠欲滴
眼看着枯黄，凋谢，化作尘土
现在，经历了诸多生与死
愈发向往落叶
漫步落叶飘零的树林
在一阵大风中落叶纷飞
犹如群鸟无拘无束翩翩起舞
尽情地翱翔萧索的天空
决绝，热烈，不顾一切地燃烧
像流星划过，似天鹅绝唱
迎接着终将到来的命运
只愿自由抒发积聚一生的诗意

一张单程票

她毅然决然地飞走
还不到半年
一封信终于寄回来

一张单程票从他的手中飘落
太阳坠入黑夜里

过去的时光——等待是徒劳的

一阵风

无比惊讶，一阵潇洒的风
却能掀翻海浪、树木与高楼
无比惊讶，一阵风
竟会涌出睥睨万物的豪情
纵横山水间
终将留下煊赫的声名
犹如一代英雄，长久流传下去
风席卷天地
裹挟着团团乌云，我禁不住
也被席卷，我的血液
也被裹挟、激荡
躲避在屋檐下的身影，霎时
充满浩然正气

一直在路上

每个心怀梦想的人
一直在路上
那个追逐太阳的夸父
从未停止脚步

太阳却一如既往转动
照在天边，天空便光彩夺目
照在河流中，岁月便一去不复返
顷刻间，年华老去

青春的短促和倏忽
折磨着奔腾的灵魂
我们不舍昼夜，向死而生
犹如望见火焰的飞蛾
毫不犹豫地猛扑

多年以后

多年以后
翻看一本诗集与一封旧信
夕阳牵着暮色
幽幽地落进校园的墙角

多年以后
黑裙依然纤弱，长发依然飘逸
漫漫黑夜，一道光刺破长空
白衣被风吹雨打，沾满尘土

多年以后
不再招惹蜜蜂，不再逗引蝴蝶
只化作挺立在池塘中的荷花

多年以后
那朵紫丁香愈发浓郁
陶醉了整个雨巷
芳芬了我的前世今生

深秋，在葬花中凋谢

哀愁，伴随着一朵凋谢的花
碾碎了我的心灵
荒凉的公园，稀疏的树木
呼唤我这个寄居异乡的漂泊者
挽留住深秋即将远去的背影

我满怀怜惜，冲进一股股寒风中
在荒凉的公园，埋葬两朵落花
零落成泥，安于漂泊者栖身的尘世

纷纷扬扬的枯叶
离别深秋，使落花滋生了
无限的哀愁

约会

那个初春的黄昏
河水欢快地跑向远方
我久久地、痴痴地
守候在一棵杨柳树下

夕阳，最终抛弃了我
化作十字路口的一片嫣红

除了蓝，一无所有

我惊喜地欢呼：海
妻子缓慢地扭转脖子
透过朦胧的车窗
除了蓝，一无所有
——哪里有海
——天

一根树枝

春天终于来了，微风和煦
他挺了挺腰杆，将侵入骨子里的
寒气犹如恐惧似的驱散

他朝屋角的斧头探出身子，陪伴着
时时刻刻挂念着的，只有它
他朝迎面走来的男人伸展手臂
它们恋恋不舍的神情，燃烧着炉火

阳光普照，天地格外亲切
他抖擞嫩叶，守护在简陋的庭院
犹如一个战士守护在家园

三千里

还是残月，不见清辉。大山塌陷
夜色重重围困，坚固似囚牢

犹如空谷，狂风怒号，不辨西东
一片柳絮裹挟而去，扶摇而上

炊烟袅袅，老枣树在村口守望
母亲的泪水淹没了麦田

一只蚂蚁爬出了泥土
爬不出三千里外的高山

古钟

我愿在这个僧侣聚集的寺庙
日复一日虔诚地守护
不畏狂风暴雨
我愿他们挺立于
暖春，酷夏，凉秋，寒冬

用残损的身躯，向前来朝拜的
香客，我愿发出悠扬绵长的乐曲
恭敬迎送每个匆忙的步履
使人们沐浴久违的梵音，又能
带走一缕温煦的阳光

我愿芸芸众生，如同沉醉红灯绿酒
沉醉高山流水，逍遥天地间

租客

年近不惑。浓雾愈发弥漫
身无所依，犹如飘蓬，即使拼尽全力

难以立足。犹如一只离群的孤雁
任凭凛冽的寒风、猛烈的暴雨袭击

击落到高楼的底层，仰望蹿上云端的藤蔓
仰望夜空中隐约可见的星星，让人窒息

依然在土里刨坑，觅食。蚂蚁迷恋土
土迷恋大地。烟柳重重，埋葬落日

寒风积，愁云淡

寒风积聚，乌云密布
偌大的小区沉寂，守门的
保安是战士，冒着危险呐喊
黑暗吞噬每个角落
满脸憔悴的月亮，不停哀叹
黯淡了千家万户的灯光
我幽禁在书房，困守于生活
深陷落寞，荒寒
世界那么大，人们此刻在做什么
难道只有寒风吹拂？难道只有
那个保安，敢于奋不顾身？
恐惧犹如夜色蔓延
不可捉摸，也难以控制
与天斗，与生活斗，与内心斗
都无法排遣无处不在的忧愁

沙漏

躲藏瓶子的顶端，跻身社会的高层
浑水摸鱼见缝就插的钻营者
挤破脑袋，随波逐流
跌落谷底，销声匿迹

从诗里走出的孤独

每当聆听到夜莺的歌唱时
我就冲破了厚重的乌云
天空中，我独守着凄冷的宫阙
时刻倾洒清辉，映照万物
痴迷于和风披着月光游荡山川

无穷的远方让我日渐憔悴
一只萤火虫的梦想在燃烧
周围，唯有亘古不变的荒凉
面对大地，我满怀忧伤
似绵绵阴雨
遥望的太阳，却始终无法相伴
繁花盛开，我兀自翩翩起舞

孤勇者

置身纷乱的飞翔外，悠闲栖落
它也曾一起匆忙逃窜，挣脱
翻滚的乌云。天地间，布满了阴霾
大片大片的暮色，被利刃
切割成了碎屑。它毅然
向路边的栅栏飞去。安静守望。没有
谁会注意一片飘絮。任凭
置身纷乱的飞翔外，悠闲栖落

冬夜，思念那一缕炊烟

一缕炊烟飘荡着浓浓香气
年轻的母亲守在老屋
贪玩的孩子追逐着
长大了

一缕炊烟摇曳着阵阵暖风
沧桑的母亲守在老屋
远游的孩子追逐着
回家了

日复一日，炊烟袅袅
孤云般升起
阳光般散开

冬至，邂逅

我伫立枯树下，凝视两朵落花
她迎着夕阳走向小区门口

恍惚间
她翩然而至，与我擦肩
驻足，回眸一笑

稚嫩的脸蛋
与未泯的童趣
使黄昏明亮
使冬至
融化了一层薄冰

冬至帖

人们从拥挤的街道返回家里
冷风在光秃的树枝间依旧穿梭
寒流恣意侵袭，漫过高山与大河
遥远的村庄又飘起炊烟

从冰箱里拿出包好的饺子，母亲慨叹
以前的味儿没有了，什么都留不住

父亲急切询问着手机中的表姐
外出打工的姐夫，空荡荡的老屋
去往另一个世界的亲人

如同母亲慨叹的漂泊异乡的快乐
就像易冷的烟花，谁也留不住

一江水

忘记了你春天时的幽静
你眼里的粼粼碧波
你暗流涌动中的礁石
忘记了你翻腾的不屈　消逝的迅疾
忘记了你飘向夕阳后绽放的玫瑰

写在平安夜

还可以赞美即将降临的曙光

夜晚的清风

山水中的花香

还可以赞美相聚的幸福

还可以赞美盛世里日复一日的平安

茶香的日子，看岁月静好

那些日子，一杯春茶在我的房间里氤氲
那些日子，一杯春茶总氤氲着优雅的舞姿
那些日子的氤氲
使阳光冲破了浓重的阴霾
使鲜花开满了幽暗的谷底
一杯春茶轻轻摇曳着
遥望寒风与大雪
闲看流水与明月

古洞春，一片叶子的味道

舒畅，一片叶子的味道
滋润我的灵魂
独立桃花源，独立洞庭湖
唤醒沉睡在内心的山山水水
腾跃，奔赴一场诗的盛会

惬意，拥抱一棵棵茶树
独立桃花源，任凭青翠欲滴的叶子
化为春风，涤荡山水编织的美好人间

一轮明月
倾洒诗意，给叶子增添了
桃花源般无垠的舒畅

在桃源，我与大叶茶树对视

挺立在桃源深处的沃土中
卓绝的风姿
犹如魏晋时期的名士，超尘拔俗
放眼望去，漫山绿意盎然
一棵棵树怒放着蓬勃的生机
使人们惊叹造化的神奇
我伫立大地。阳光普照
一阵长啸从天边传来
我们聆听着梵音
我和它，相顾无言
一起沉醉于幽香、清风和溪水

古洞春，茶园里的蓝蝴蝶

一整天，我依然流连
桃花源的深处。蓝蝴蝶漫天飞舞
触目所及，离芸芸众生很远

无非是偶遇洞庭湖的水
误入武陵山的云，我恍若飘然而去
采茶的姑娘时刻惦念
这世外仙境。春风是她们的伴侣

拥抱一棵棵树，我的身心
溢满幸福。它们在阳光下自由生长
化作天地间最美的景色

寒冬，眺望远方

幻想着蓝天，幻想着远方
幻想着高楼，繁星与月亮
幻想着游乐园，成为
大海，幻想着妈妈
成为辽阔的海水。我只愿
幻想一只鱼儿

一只自由的鱼儿，尽情沐浴
感受温暖，当阳光普照
与伙伴们同样游进海水
同样嬉戏浪花
任凭浪花飞溅，翻涌
淹没孤单的我

冬天的腹地

北风呼啸，将寒气淬炼为万千飞箭
大雪纷纷侵袭，仿佛要扫荡这片树林

紧锁庭院，伴夜色溜进一两只麻雀
浓雾深处飘零着无边凄冷的柳絮

冬日

我堆雪人，她用铲子铲雪

转眼间
她跑开了，背向我
弯腰捡起了一片枯叶

小小的手
以及莫名的举动
使天地顿时生机盎然
使冬日
少了一份寒冷

高山

一座座高山耸立村庄的周围
我们朝夕相处
但形同陌路

一条小溪想要拥抱高山
它奔腾着，淌过数不清的沟壑
淌过我的目光

我不敢直视
它义无反顾地扑向高山
弯曲的身躯自由绽放在阳光中

我陶醉在僻静的村庄里
天地更加广阔了
做过的所有梦瞬间苏醒了

走向春天

我的旷野是天空中的乌云
伴随着寒风里偷袭的雪花

流水挣脱出河床，一只野鸭
跳进池塘探视苏醒的游鱼

幼小的春芽爬上枯树的枝头
仿佛，黄莺在山谷啼啭

阳光普照时，隐匿许久的青草
占据了荒岭，迎接大地归来

当夜幕吞噬了整个森林
我细数一根根柳条直到黎明

早春

黄莺啼啭，从天边依稀传来
笼罩着归家者的田园

还未成形的柳絮
早就纷纷飞往同一个地方

四处聚拢的风
吹绿了整座城市

一粒种子蹦出石缝
流落荒野的鸟雀回到了巢穴

老树

一棵老树挺立
萧索里昂扬着坚韧
这种坚韧与我格外亲切
我的冬天，不期而至

雾凇刚刚凝结，北风呼啸
梅花仍在墙角怒放
悠闲的鸟雀不知何时
已经循香而来

元宵帖

念叨着水饺的母亲煮着买来的汤圆
微信视频中，耄耋之年的外婆
在千里外的故乡正和羁留异地过年的
我们一家人闲聊。孩子的天性
让我四岁的小女儿充满乐趣
转眼间拎起客厅的红灯笼
此刻，母亲端上了菜肴
小女儿冲向了饭桌
灯火通明，我们围坐在母亲的身边
母亲望着外婆，埋怨了几回疫情
吃了几个汤圆。月光刺破乌云
更加皎洁，倾洒大地的每个角落
我们举头仰望。望眼欲穿
我们沉浸又一个温馨的节日

情人节

守到午夜的他带着愁容关好房门
千里之外，她
满怀期待地看着躺在床上
酣睡的女儿。无邪的神情
使女儿浑身洋溢温馨的气息
遨游春天的花海
他闭上眼睛
女儿和他沐浴在花香里
子时的钟声响起，她的心跳加快
他握着手机，发送520的红包
凝视窗外。两颗星星璀璨
隔着一条银河遥遥相望
他和她心照不宣，牵肠挂肚中
迷失这个雾霭重重的情人节

元宵书

突然阻止我的母亲，父亲亲自下厨
几天前就在网上购买了汤圆
冲荷包蛋，加葡萄干

他低头吃着。犹如做错事的孩子——
一向对饮食格外挑剔
一向好面子，一向很少表达爱意

此刻，我和母亲心有灵犀
品尝着他煮的黑芝麻丸，他的沉默
他的省吃俭用，以及日益增多的孤独

无数个夜晚
我总希望带他一起欣赏那轮圆月

春天的召唤

山间的大门，早已打开
寒流、冷风时时侵袭大地
耕耘泥土中的人们
在召唤——
春光自乌云背后倾洒

那个漂泊异乡的过客
在召唤——
花儿重新
绽放在家人的眼眸

忽现一群人

刚进入，到处都是树木
与它的静谧，叶茂而路长
随着隐约的水流声绵延不绝

愈发幽深，忽现一群人
犹如晴空倾洒的一阵微雨
地里冒出的一片荒草

走过几只鹿，走过野兔
他们走过小溪，走过高山
仿佛早已和它融为一体

无法摆脱

到如今，又沦为一块锈铁
炼炉里重新煅烧

十年前躲避喧嚣的人群
十年前恐惧，远离潮水
十年前忧虑，警惕丛林法则

到如今，依然囚困在城市的高楼
残喘于滚落的石头
以及家庭的重荷

很多东西始终无法摆脱——
譬如名利
譬如变幻莫测的风雨
譬如漫漫长途中高悬头上的太阳

疫情期间

长久困于屋子里
面对危及生命、生计的疫情
始终高度警惕
我焦虑，树枝上的嫩芽
挣扎于一波波寒流
它维系春天与我头顶的星空

一个无法工作的寄居者
在一本本书中沉迷
逃避粮食、蔬菜
墨汁挥洒的幸福，却暖乎乎的
四处飘荡

阳光普照，鲜花盛开
一个怀揣梦想的拼搏者
总能穿过黑暗聆听夜莺的歌唱

外卖员

阳光下，风一样的骑手
竟是地铁上的那弯弓
她，恰似一支箭
射向每一处关隘

伴随着急速的车门开闭
给秩序与安全做后盾
爱心，仿佛润滑油
涂在车轮上，顷刻到达各地

她的眼前，屹立着饭盒
以及高山似的战士

院子里的枣树

站立院子里的枣树
犹如一位行将就木的老人

爬上树干的男孩
使劲摇晃，浑圆的青枣
滚进伙伴们的手里

几朵枣花飘落
逗引起飞舞的蝴蝶

一个季节的期盼：纯粹又温馨
阳光洒满破旧不堪的围墙
异地求学的青年，沉醉秋风

这一次他回来了，背着一座座山
那些简单又甜蜜的梦
再也找不到了

离别辞

穿过崇山峻岭，便看见一马平川
黄土地是温厚的
我们相顾无言，忧虑减轻了

朋友，等到康乃馨开花了
立即给我快递一朵
春风就吹来，小草就生机盎然

犹如小草，置身高楼大厦的夹缝
许多年过去了，是生长在路边
还是生长在花园，抑或小区

嫩芽

一定能等到小小嫩芽钻出枯枝
生机盎然，犹如喷发的火山
无法抵挡，无法按捺

一颗种子始于落土长成参天
一棵树年复一年的凋零与重生……
——寒流肆虐早春，无需过多忧虑

那朵枝头的红梅

一片皑皑里，让我最振奋的
是那朵挺立在枝头的红梅
自凋谢的花瓣上彰显
它的确遭受了诸多折磨

此刻，看到它在寒风中直起腰
似乎召唤着囚禁乌云背后的阳光

转眼间。随即垂下头
似乎终于垂下头——
为你滴落茫茫白雪里血一般的
难舍的泪水
犹如黑夜送别月亮，犹如你远去
我的春天

池塘

挤在屋子里的一家人，像一方池塘
一阵春风吹过，就荡漾起涟漪
一圈又一圈，久久不能平息
一块石头掉落，就掀起一场风暴
或者一个漩涡，惊心动魄
引出一些鱼虾，不知道发生了什么
一方池塘里浮现水藻，犹如
陈年的老酒

草木深

乌云掠过，将阳光撕扯为丝丝缕缕
春风逍遥山川，仿佛遗弃了这所院子

高筑砖墙，树梢栖落一只飞鸟
芳草荒林的院内疯长着空荡荡的绿

井底的青蛙

一只青蛙，趴在井底的角落
一个失意者的缩影。幻灭，绝望
逐渐瘫软。无数次的挣扎，转眼间
回到原点。此刻它
重新仰望天空。内心充满阳光
犹如最初的梦想，总是光彩夺目

墙角的玩具

我沉醉于墙角的一个玩具带来的
幸福。在这个中秋的夜晚
刚捡起女儿的玩具，一张笑脸霎时
冲出玩具，亲吻日渐憔悴的我

他们都很沮丧

但春天依然振奋，春天的风依然振奋
漫山遍野的小草
也依然振奋
忍受了一个季节的枯树和嫩芽都依然振奋

以及入侵的雾霭，偷袭的寒流
连绵不绝的阴雨
咄咄逼人，依然振奋

他们都很沮丧，高楼矗立眼前虎视眈眈
而头顶的星空，无穷的远方
与我一样
依然振奋

看到的

我看到的是平房瓦舍，不是高楼大厦
是羊肠小路，不是康庄大道

是麦田，不是工厂
是风，不是空调
是繁星点点，不是灯光熠熠
是袅娜的炊烟，不是闹腾的雾霭

但看到以后，便远离，便出发
看，撕裂着每一个人

"此事古难全"，我仰望夜空
我把在路上看到的，都融入
那轮明月

一丝幸福

没过多久漫步的节奏赶得上竞走
喘气的节奏赶得上流汗
一个年近不惑的男人欣赏着绿树、鲜花
神情越来越焦虑，叩问着内心
随即又舒展开眉头，羡慕地凝视
迎面而来的一对青年情侣，以及笑脸

脚步加快，身体愈发沉重
仿佛五指山从天而降
满眼的万紫千红，半生的非黑即白
总是惊恐于远处不断涌现的雾霭
还有猝不及防的寒流
池塘里碧波荡漾，三只野鸭紧挨着游玩
他的目光中闪过一丝幸福

老人和月亮

老人偶尔嘶吼一句：月亮总会被望穿的
老人独自在林中望了五十年月亮
每当他发疯时
月亮依旧高踞夜空，冷眼旁观

一片嫩叶钻出枯树

一片嫩叶钻出枯树
正当寒流又突袭的时候
长久幽居黑暗，顷刻沐浴风雨
激起整个春天的斗志
犹如疫情再次肆虐期间
困守在家中
他发疯似的紧握着手里的笔

走不出的荒原

飞鸟栖落枯树上。春天已经过半
毛蒿佝偻着腰，祈祷雾霭散去

黑暗笼罩了整个荒原
我陷于难言的忧愁，只能注视深渊
飞鸟栖落一棵又一棵枯树上

越来越重的笼子

小区内爬满了蚂蚁
大蚂蚁守护着小蚂蚁
铁门紧锁，阻止流窜的蚂蚁
我不敢向屋外走出一步
忧虑越来越重的笼子爬满了蚂蚁

所有的笼子，囚禁着相依为命的鸟雀
我忧虑鸟雀的羽翼里，爬满了蚂蚁

眼在另一双眼里自由遨游

七月初的一个夜晚

月亮自天空隐去，躲进浓厚的云层

操场周围茂密的大树遮掩一片

静悄悄的幽径

她的眼

如此火热

而温柔地照亮了

我的眼

飘飘欲仙

我沉醉其中

眼在另一双眼里自由遨游

朝从未有过的神秘国度释放

懵懂无知

囚禁者的心灵

一只蚂蚁

一只饿了几天的蚂蚁
爬出洞穴，暴雨阻断了它的出行
多么猖狂的气势。它恍惚看到了太阳
它恍惚觉得
生命是人世间最卑微的

乌云密布，暴雨
铺天盖地，绵绵不绝
顷刻，寒流又侵袭各个角落
顷刻蚂蚁逃了回去
潜入无处不在的黑暗，以及，绝望
潜入百孔千疮的洞穴中

荷花辞

在荷花的清香中嗅到
一缕，和风就扑面而来
千万缕，阳光就普照大地
掉进染缸，日复一日，我被涂抹得
浓墨重彩。清香涤荡
我深陷与煤炭朝夕相处的岁月
早已习惯黑夜
此刻，我如获新生
独立人群，守望晨曦的降临

一只夜莺

一只夜莺隐匿雾霭里孤单歌唱
它的身影犹如我蓄满忧愁的眼睛
它的喉咙嘶哑
抬起头歌唱

我默念着诗，路过灌木丛
隐约聆听到神秘的呼唤
它不停歌唱，犹如我踏上漫漫征程
同样的望向远方

我必须出发，目光坚定
任凭思念折磨内心
聆听着一只夜莺
隐匿雾霭里孤单歌唱

错过

你读了这封信就会懂得，你紧紧捧起
多点耐心。让你的目光一字一字
一页一页抚摸，融入

那段时光，眼里、心中只有你

你只管感受着，你
不要害怕。那个着魔的男孩子
手指捏着厚厚的信，独自呆立校园
伤心欲绝

错过是痛苦的。需要长期的煎熬
也许终其一生

你永远也读不到了

时光

的确，我一直在尽力挽留
倏然远逝的时光。喜欢陪伴微风
飞越高楼，闹市，游荡旷野
我流放，幽居。仰望夜空
推不上的石头似乎爱和我作对
总会滚落地面。考验我的腰是否坚挺
双脚是否厚实

我追逐着太阳、月亮
沉浸幻想，时常漫步云端
如此一厢情愿
无所谓寒流袭来的枯寂
只守护，心中郁郁葱葱的青绿

倾洒星光的人

麦田，化作了他头顶的繁星
刚才空荡荡，顷刻亮闪闪

一大片，一大片
他在土地上，倾洒光辉

炊烟稀薄

那时枣树枯槁，槐花飘零
麦田里荒草丛生
过节串门送礼的
偶尔有表哥，偶尔有堂姐
父母越来越老了，炊烟稀薄
探望的也越来越少了

多年以后我回到故乡，亲戚回到老屋
游荡的麻雀，一只一只回到巢穴

阳光下的暗角

角落愈发黯淡，墙挡住太阳
仿佛一片密布的乌云
几棵绿树挺立院子，飞鸟跳跃
缕缕闪亮的阳光照耀砖瓦、泥土
享受着与生俱来的恩赐
一根小草从角落探出头
生命会在意想不到的地方给你惊喜

听雨·遥远了流年

恍如翩然初入尘世的仙子
听雨
隐隐飘来
几阵风

玉兰花开

纯净的天空

阳光普照，小路边

一排绿树挺立

一片玉兰花盛开了

雪似的纯净

装点小路

小孩子欢呼着

汽车疾驰

谁又会在意

凄凉的街道

路面很空旷，零零散散的
野花兀自摇曳

护栏旁停靠的单车
轮胎已经瘪下去
房屋上笼罩的雾霭，仿佛袭来的寒流
时而厚，时而薄

温煦的春风从远处游荡
枯树枝头蛰伏的嫩芽
逐渐伸展开腰身

清明之前

请原谅我
明天不会去和墓地上的
荒草喝几杯酒
被一场场雨长期囚困
被一座座山日夜镇压
我的心里早已经长满了荒草

啄木鸟

虫灾肆虐的树林中，几只
啄木鸟忙着啄虫。它们将眼前的
每一寸地方，看成战场

偶尔栖落的鸟雀，向它们致意

这洋溢着战士的奉献，更孕育着
春天的葱茏

清明雨

整个天空

被囚禁了

是太阳被乌云笼罩的囚禁

是月亮被夜色覆盖的囚禁

一滴雨

突围冲出

冲向越来越窄的大地

更多滴雨

依然在冲

冲向越来越远的故乡

仿佛世间只此一日

那一瞬间的美好，从青春的懵懂中闪现
那一瞬间的记忆，从圆缺的月亮上倾泻
那一瞬间的光，照亮忧愁与甜蜜
那一瞬间的情，拯救了堕入凡尘的心
不必是春暖花开的季节
她向你走来，又擦肩而过
仿佛世间只此一日
仿佛三生早已注定

翻阅

我翻阅一封旧信
逐渐模糊的记忆便浮现眼前
嘴角漾起微笑
它勾勒出青春的山水胜迹
我试图将有的文字寄往蓝天
有的埋入泥土
一个个文字陪我飞向远方
以及大地

与莲花的对视

与莲花的对视中，阳光洒满大地
跳进池塘就沾染淤泥
我们的身上撒落了太多的尘土

你看叶子多么绿，而比叶子更绿的
是春天的微风。我们两袖清风
脱掉那些华丽绚烂的衣服
脱掉纠缠不休的念头。我们靠近
放慢脚步，莲花便盛开了
过来吧，兄弟们
困于世俗时，请探望一下莲花吧

一些莲花愈发洁白
一些叶子，苍翠欲滴
人们从云烟深处看见南山
从夜色里看见曙光
让我们都轻松地前行吧

让河流清澈，映照最初的模样
让灵魂澄净，一切的贪婪
化为乌有

当幽香萦绕鼻翼，脑海辽阔
我化作莲花与你邂逅，与叶子邂逅
犹如一次爱恋，飞到云端
莲花总是飘飘欲仙
你用心凝视，用生命凝视
我懂得了那高贵的挺立
我们转身，素衣如雪

但愿我的诗句

游荡浩渺的蓝天，追逐飘逸的白云
沐浴温煦的太阳，漫步浪漫的月光
洗涤蒙尘的心灵，愉悦自由的精神
我把大自然的一切美好赠送你
在鸟语花香中孕育人世间的幸福
我将轻轻地呵护细如愁的丝雨
又要柔柔地拥抱轻似梦的白雪
但愿我的诗句，慰藉你寂寞时光里的
无边清冷

高铁出发以后

蒙蒙细雨裹挟万物
水雾到处弥漫
遮蔽城市上空的太阳
笼罩高楼，汽车，以及孩子

道路两侧屹立一棵棵绿树
寒流再次悄悄袭来
一只低徊的大雁
从山麓深处冲向远方

如此简单

举起来，再放下去
如此简单的动作
置身错综复杂的社会中，更让人
无限神往

只是苹果
只是冰糖葫芦
只是，手里已经拥有的东西

立春辞

一整天，我的身体散发花香，似乎为大地
召唤一些蝴蝶。一整天蚂蚁朝我
聚拢而来，期待与我同行
想必我的春天已经降临
我要把寒风吞进肚子，让前进的路上
变得平静。沐浴到的阳光，此刻
每个人都能沐浴，也能撒落泥土
只愿在泥土中邂逅一粒种子，等到嫩芽
破土而出，人们的脸上洋溢笑容
一整天城市的天空，少了很多乌云
不得不羁留南方的鸟雀，恢复了生机
长期以来，堆积在我内心的雪
一瞬间，化作潺潺的流水涌向山川

酒在左手诗在右

一杯酒，一杯酒
陪伴一首首
诗
我乘着大鹏遨游云端

河流冲刷着我的身体
日日夜夜撞向潜藏的礁石
寒风席卷着柳絮
飘散到天空，沟壑

我高昂着头
行走在荆棘丛生的花园中
一首诗，一首诗
痛饮一杯杯酒，逍遥远方

醉春风十里

遇到的，化作天空闪烁的繁星
遇不到的
成为山间朦胧的云雾
始终吸引着我，使我沉浸
甘愿为此耗尽一生

杨柳依依
仿佛飘落尘世的羽毛
更让人痴迷的，是不可捉摸的风
风中雪花似的飞舞的
精灵

我陶醉于那漫山遍野的柔媚
与，不断滋生的

蓬勃绿意

乃至，凡俗里一切的

赞美

车站别

整个下午，我徘徊在车站
凝视候车室的旅客，步履匆匆
深渊般的进站口，似我的心
绝望得深不可测，却空空荡荡
红，绿，一串数字与另一串数字
亲密无间。然而久久无法抵达——
亲爱的，暮色降临
星空寂寥，大雁南飞
我犹如摁住翻涌的忧愁
摁住滚滚而来的潮水。凝视夜幕
任凭四周的黑暗，吞噬了我